Susan fehlt ein Bein. Tom ist die Treppe runtergefallen. Und Henning lügt so lange, bis er die Wahrheit sagt. Finn-Ole Heinrich erzählt von Menschen, die ins Schwanken gekommen sind, die das Leben mit aller Härte umgeworfen hat. Und die nun wieder aufstehen müssen. Die Texte hinterlassen in ihrer Ehrlichkeit, sprachlichen Klarheit, ihrer Sensibilität und auch in ihrem Humor eine Faszination, die lange trägt.

FINN-OLE HEINRICH, Jahrgang 1982, aufgewachsen in Cuxhaven. Filmstudium in Hannover. Lebt in Hamburg. Zahlreiche Stipendien und Auszeichnungen, u.a. Deutscher Jugendliteraturpreis. www.finnoleheinrich.de

Bisher erschienen
»die taschen voller wasser« (2005) »Räuberhände« (2007)
»Auf meine Kappe« Hörbuch (2009) »Du drehst den Kopf,
ich dreh den Kopf« Hörbuch mit Spaceman Spiff (2010)
»Frerk, du Zwerg« (2011)»Die erstaunlichen Abenteuer der
Maulina Schmitt.« 3 Bd. (2012-2014)

Finn-Ole Heinrich

Gestern war auch schon ein Tag

Erzählungen

btb

Verlagsgruppe Random House FSC® N001967
Das für dieses Buch verwendete FSC®-zertifizierte
Papier *Lux Cream* liefert Stora Enso, Finnland.

1. Auflage
Genehmigte Taschenbuchausgabe Februar 2016,
btb Verlag in der Verlagsgruppe Random House GmbH, München
Copyright © 2009 by mairisch Verlag
www.mairisch.de
Umschlaggestaltung: semper smile, München
nach einer Umschlagcollage von Dylan E. Thompson
und Finn-Ole Heinrich
Umschlagfotos: © Dylan E. Thompson/ www.kamerakopf.de
Gestaltung: © Carolin Rauen/www.carolinrauen.com
Druck und Einband: GGP Media GmbH, Pößneck
MK · Herstellung: sc
Printed in Germany
ISBN 978-3-442-71318-9

www.btb-verlag.de
www.facebook.com/btbverlag
Besuchen Sie auch unseren LiteraturBlog www.transatlantik.de

Für meine Geschwister
Jette, Jule, Tjark und Nele

Inhalt

Zeit der Witze

»Ist das ein Gefühl«, sagt sie, »das ist wie alles neu, ganz komisch.« Sie meint, wieder draußen zu sein, denke ich, auf eigenen Beinen, sozusagen.

Ein heller Morgen kurz vor Sommer, Zeit für T-Shirts, Tops und Röcke. Die Straße ist leer so früh, ich beobachte Susan, ohne sie anzusehen. Ich fahre zu schnell, zum ersten Mal seit ich sie ins Krankenhaus gebracht habe, vor Wochen, als man dem Frühling noch nicht traute. Mit achtzig Sachen durch die Ortschaft, sportlich in die Kurven. Das geht wieder. In meinem Augenwinkel guckt Susan in alle Richtungen, als gäbe es da draußen etwas Neues, nicht hier drinnen. Wo ist ihre Angst. Die Neugierde, das Lächeln, alles altbekannt. Neu ist, dass ich es ihr nicht glauben will. Ich fahre zu weit links auf den Mittelstreifen, sehe den weißen Strichen zu, wie sie unter der Motorhaube verschwinden, ein dumpfer Rhythmus.

»Das ist alles so aufregend«, sagt sie und lächelt in meine Richtung. Ich fahre wieder etwas nach rechts, hebe den Kopf und lächle zurück.

»Ich bin so froh, dass ich wieder nach Hause kann«, sagt sie. Warum so fröhlich, denke ich, müssen wir jetzt fröhlich sein.

Ich halte vor der Haustür, steige aus, auch Susan drückt ihre Tür auf. Wie ein Kavalier alter Schule laufe ich um das Auto herum und bin ihr behilflich. Ich ziehe sie hoch aus ihrem Sitz, lege mir ihren linken Arm um den Hals und in einem noch nicht eingespielten Rhythmus laufe ich langsam und hüpft sie eilig auf das Haus zu. Wir stocken, stolpern aber nicht. Ihre langen braunen Locken wippen hin und her, es sind nur ein paar Meter, aber sie sind anstrengend, für uns beide. Sie lacht, als sei es lustig, wie wir humpeln. Dann nimmt sie ihren Arm von meiner Schulter, stützt sich an der Wand ab. Ich schließe auf. Als ich ihren Arm wieder um mich legen will, grinst sie und nickt in Richtung Wagen: »Na los, geh parken, ich pack das schon.« Sie greift nach dem Türknauf und mit der anderen Hand nach dem Türrahmen. Übermütig wie eine Turnerin auf dem Barren schwingt sie sich einbeinig in unsere Wohnung. Sie will mir zeigen, was alles möglich ist, wie viel Zuversicht sie hat.

So zusammengeklappt sieht ein Rollstuhl aus wie ein Fitnessgerät, denke ich und lege ihn auf dem Gehweg ab, die Krücken dazu. Ich schließe den Kofferraum, stehe noch einen Moment. Ich lasse die Geräte einfach liegen, nicht bewacht, und fahre den Wagen in den Hof, wo die Nachbarkinder ihren Fußball gegen die roten Backsteinwände hämmern. Wer sollte Krücken und Rollstuhl klauen.

Wir liegen im Wohnzimmer auf dem Sofa. Der Fernseher läuft. Draußen Regen. Ich hatte mit Depressionen gerechnet. Nur dass jetzt ich es bin, der melancholisch ist. Sie passt sich klaglos in unser neues fremdes Leben. Ihre Energie ist unbegreiflich, sie witzelt über ihre Behinderung, als habe der Friseur ihr einen schlechten Schnitt verpasst, so uneitel. Seltsam, dass ich, der Unversehrte, nicht klarkomme und sie mich aufmuntern soll.

Wenn die Stange sich durch Knie und Bein gestoßen hat, wie der Arzt es mir erklärt hat, müsste der Fuß, der jetzt fehlt, doch verschont geblieben sein. Wo kommen solche Reste hin, frage ich mich.

Susan hängt im Sofa, das Kinn auf der Brust, den Hintern fast auf der Kante, das Bein lang ausgestreckt. Sie gähnt, reckt sich, dann hebt sie die Beine in die Luft. Sie hält sie oben, über ihrem Kopf für einen Moment, es sieht aus wie eine gymnastische Übung, und sie sieht ihre Beine an, oder was davon geblieben ist. Ihr Kopf wird rot, sie presst hervor: »Seltsam, ich vermisse gar nichts.«

Ich schon, möchte ich antworten und achte darauf, dass meine Lippen meine Gedanken nicht nachformen. Susan lässt langsam und bedächtig ihre anderthalb Beine sinken, dann schnauft sie übertrieben. Sie macht das jetzt so. Ob sie am Tisch die Butter nimmt oder Schmerzen hat: Versucht immer, etwas Komisches zu finden, einen Witz zu machen. Ich stehe auf und gehe in die Küche. *Ich schon,* warum ich das nicht einfach sagen kann: Ich glaube dir nicht, wie kann man sein Bein verlieren und behaupten, es würde einem nicht fehlen, man würde es nicht vermissen. Es ist nicht da und es stört so offensichtlich, dass es nicht da ist, warum tut sie so.

»Willst du Wasser?«, rufe ich. »Hab noch«, sagt sie, »aber kannst mal umschalten, ich hab keinen Bock zum Fernseher zu humpeln«, und lacht kratzend.

Ich gehe nicht mehr joggen morgens. Es war Rücksicht in den ersten Tagen. Jetzt ist es Provokation. Es gibt zu reden, aber wir reden nicht. Wir tun wie immer, warum tun wir wie immer, es ist nicht wie immer. Ich möchte, dass sie fragt: *Warum joggst du nicht mehr?* Ich möchte antworten: *Weil ich dich nicht verletzen möchte,* und dann will ich wissen, was sie antworten wird.

Der Rollstuhl lehnt zusammengeklappt an der Garderobe, die Krücken zwischen den Regenschirmen, wie ein Strauß unterschiedlicher Blumen in einer Vase. Ich habe schon Bilder gesehen von der Prothese, die sie gerade anfertigen. Eine Art übergroßer Fingerhut, in den man den Stumpf steckt, darunter ein sichelartiger Fuß, aus Kohlefaser, stoßgedämpft, eine Sportprothese. Natürlich hat sie eine Sportprothese gewählt. Als Zeichen, als *Jetzt-erst-recht*. Susan und ihre kleinen Manifeste.

Ich sitze im Bett, den Rücken gegen die Wand gelehnt, sie liegt zwischen meinen Beinen, spielt mit ihren warmen Lippen an meinem schlaffen Schwanz. Mein Kopf fällt in den Nacken, automatisch. Ich stöhne, um ihr zu zeigen, dass es mir gefällt, wobei mir eigentlich mulmig zumute ist.

Ich habe gelesen von sogenannten Negativ-Fetischisten, die Verkrüppelung und Amputation sexuell erregen. Wie geht das. Ich habe nur Angst, ihr wehzutun. Ich muss an das verbundene Ende ihres Beins denken, dass ich daran stoßen könnte. Wie wird es sich anfühlen, wenn sie ihre Beine öffnet und links ein Stummel in der Luft zappelt. Würde sie umkippen, wenn sie auf allen vieren vor mir kniet? Über solche Fragen könnte Susan ihr kratziges Lachen lachen. Ich wüsste nicht, wie ich mit ihr lachen sollte und behalte sie für mich.

Ich konzentriere mich auf Susans Mund, ihre Hände an meinen Eiern. Ich möchte hart werden, für sie. Es geht nicht. Was für eine Demütigung, jetzt bei ihr zu versagen, bei der Versehrten, der Behinderten. Ihre Bewegungen sind dieselben wie vorher, ihr Geruch, ihre Stimme, alles fühlt sich an wie immer.

Ich konzentriere mich, mit geschlossenen Augen angestrengt auf der Suche nach Bildern, nach Situationen und Momenten. Aber wenn ich an Susan denke, sehe ich sie mit beiden Beinen, ich ficke sie im Liegen und halte ihre beiden

Schenkel in den Händen oder von hinten im Stehen, das rechte Bein gerade, das linke angewinkelt auf dem Tisch.

Es geht nicht.

»Was denn los?«, fragt sie.

Ich lächle. »Nichts, nur müde, muss schlafen, tut mir leid.«

Tut mir leid. Ich drehe mich um, die Worte stehen im Raum. Ich kneife die Augen zusammen. Ich will, dass der Moment vorübergeht. Ihre Hand gleitet zwischen meine Beine. Sie brummt. Das macht alles nur schlimmer. Warum muss sie es sein, von der es ausgeht. Ich sollte es sein. Ich sollte sie ermutigen, ihr zeigen, dass ich zu ihr stehe, dass es weitergeht.

Ich habe Angst, dass das, was ich fühle, Ekel ist.

Sie atmet heiß, sie schnurrt und quiekt und zeigt mir, wie feucht sie ist, sie leckt an mir, sie säuselt, stöhnt und setzt sich auf mich und alles, was ich denken kann, ist, was fehlt, was nicht da ist, was nicht geht.

Du hast eine behinderte Freundin, denke ich und spiele mit einer Büroklammer. Vom Schreibtisch im Büro aus kann ich die Fenster des Fitness-Studios gegenüber sehen. Schon am Morgen trainieren die winzigen Menschen und wuseln wie aufgeregte Ameisen. Hinter mir Bürolärm, Gespräche aus der Ferne. Natürlich habe ich keinen Urlaub genommen, ich bin nicht in ein Loch gefallen, überhaupt nicht. Im Gegenteil: hier bin ich noch sicher, hier gibt es klare Aufgaben, klare Themen, wir reden über die aktuellen Aufträge und Ausschreibungen. Natürlich, Kollegen haben sich erkundigt, die Lippen aufeinandergepresst, mir aufmunternd zugenickt. Bald hat jeder einmal genickt, dann sitze ich wieder an meinen Entwürfen. In der Mittagspause werde ich ausgespart von Sprüchen und Witzen, man bemüht sich um Normalität und meidet mich. In der Kaffeeküche wird es ruhig, wenn ich komme, und in den Blicken, die mich treffen, erkenne ich das, was sie für Verständnis halten.

Wer will eine behinderte Freundin. Ich hätte gerne einen Freund, den ich fragen könnte, ob er falsch findet, was ich denke: Nein, man will keine behinderte Freundin. Wie kann man das wollen. Ich möchte jemandem davon erzählen, der nicht sofort weiß, was zu tun ist. Darf man an Trennung denken. Warum macht mich ein fehlendes Stück Bein am Ende meiner Freundin fast verrückt. Und warum gelingt ihr das Leben so leicht, als wäre nur ein Artikel aus dem Supermarktsortiment verschwunden und durch einen neuen ersetzt worden.

Einmal bin ich mitten in der Nacht aufgewacht, weil sie im Schlaf gewimmert und geweint hat. Ich habe sie nicht geweckt, nicht gestreichelt oder geküsst, habe ihr nur zugesehen. Es war gut, sie wieder weinen zu sehen, sie endlich weinen zu sehen. Ich hatte fast vergessen, wie Susan aussieht, wenn sie weint.

Die Prothese heißt *Sportfuß*. Ich rühre sie nicht an.

Es gefiel mir besser, als Susan sich auf dem Schreibtischstuhl durch die Wohnung bewegte. Wie sie sich mit ihrem einen Fuß von der Wand abstieß und über unser frisch verlegtes Parkett sauste. Ich mochte die Rillen im Boden und die Abdrücke an der Wand lieber als die feinen Kratzer, die die Sichel jetzt überall hinterlässt. Wie sie mit dem Stuhl über die Türschwellen rumpelte, klang nicht so streng wie das harte *Taktak* von Kohlefaser und Plastikholz.

Ihr singendes Gurgeln aus dem Bad am Morgen, dass sie nicht aufhören kann zu lachen und zu plappern nach dem ersten Kaffee, die vielen ausgeschnittenen Artikel, die sie in der ganzen Wohnung verteilt wie eh und je, ihr lautes Lachen am Telefon, die Krümel im Bett, das Licht im Bad, das sie immer anlässt, ihr tänzelnd melodisches Zungeschnalzen, wenn sie wartet oder aufgeregt ist, ihr Magengrummeln bei Hunger, das so laut ist wie bei keinem anderen Menschen, den ich kenne. Das ist alles da, wieder und immer noch. Wie sie sich schminkt, wenn sie sich schminkt, als wäre Karneval. So habe ich mich verliebt, in ihr stolzes, amüsiertes Clownsgesicht, in diese Art, immer ein bisschen zu übertreiben, alles mit einem Lächeln sehen zu können. Und jetzt.

Es ist nichts kaputt. Ich kann wichsen. Ich kann mich zwingen, dabei an Susan zu denken. Ich kann sogar, wenn die Erregung groß genug ist, Bilder und Szenen einbauen, in denen Susan den Stumpf statt des Beins hat. Vielleicht ist alles nur eine Frage der Zeit, der Gewöhnung.

Ich möchte das Foto von ihr, das im Bad hängt, abnehmen. Ein Foto, bei dem alles stimmt, das Licht, die Farben, der Ausschnitt, vor allem sie und ihr Körper. Sie drückt mit dem Hintern die Tür zum Balkon auf, zwei Bier in den Händen, im Gesicht ein dreckiges Lachen mit offenem Mund. Sie ist gelb umrandet von der frühen Sonne. Balkonsaufen am Sonntagmorgen, Leute gucken, Kissen unterm Ellbogen. Eine Bluse, Wollsocken, Boxershorts und ihre glatten, weichen Buttermilchbeine mit den Sommersprossen. Ich will, aber ich traue mich nicht, das Foto abzunehmen und wenn ich im Bad bin, versuche ich stattdessen in der Raufasertapete Gesichter oder Muster zu finden.

Ihr Körper ist nicht mehr der Körper, den ich noch im Balkonsommer unbedingt haben wollte. Ich will den neuen nicht. Ich will kein Mensch sein, der vor einer Behinderung flieht. Ich mag so einen Menschen nicht. Ich bin so ein Mensch. Ich wünschte, ich könnte den Gedanken irgendwo ablegen und vergessen. Es geht nicht. Ich schreibe ihn als Satz auf einen Zettel und verbrenne den Zettel. Kaum zu glauben, wie ich mir entgleite.

Susan sitzt in der Mitte des Zimmers, das einmal unser Wohnzimmer war. Ich stehe und atme laut in meinen Joggingsachen, bin verschwitzt und sehe ihr zu. Sie hat den Verband abgenommen und cremt ihren Stumpf ein, in rhythmischen Kreisbewegungen reibt sie eine Salbe auf die jüngste Stelle Haut ihres Körpers. Selbstverständlich, gedankenverloren, logisch. Will ich in diesem Zimmer stehen, frage ich mich, will ich, dass das hier mein Leben ist.

Sie sieht mich an, lächelt: »Wie gehts dir?«

»Geht so«, sage ich.

Ich frage mich, ob sie sich nicht weniger vorkommt. Und als ich ihr diese Frage stelle, nach Wochen, da sieht sie mich lange und ernst an, verzieht langsam den Mund zu einem Lächeln und fasst sich an die Stelle, an der ein Knie sein sollte und sagt: »Stimmt. Ein bisschen ja. Ich hab neun Pfund abgenommen.« Zeit der Witze. Ich nicke. Ich sage ihr nicht, dass sie nachts weint. Tagsüber, offenbar, geht es ihr blendend.

Ihr Blick ist etwas krumm. Sie sieht auf den Marktplatz und trinkt. Ist schon ihr viertes oder fünftes Bier. Ihr Kohlefaserknie wippt zu einem Takt, der in Fetzen von der Wurstbude vor der Kirche zu uns rüberweht. Susan ist hineingewachsen in ihren fremden Körper. Früher habe ich diesen Körper vermisst, wenn ich ihn ein paar Tage nicht fühlen konnte. Jetzt ist mir jeder Abstand recht. Haut an Haut werden unsere Körper warm wie früher, aber von dieser Wärme ist nur die Temperatur geblieben. Ich stelle mir vor: Spaziergänge im Sommer mit kurzen Hosen und Prothese, ihr Sichelfuß im Gras, das Zappeln und Planschen ihres Stumpfs im Wasser. Ich kann keine leichten, keine lässigen Gedanken mehr denken.

Da steht sie plötzlich auf, rührt mir mit ihrem Blick die Gedanken um und küsst mich lange. Dann schnelles *Taktak,* Schuh und Kohlefaser über das Kopfsteinpflaster des Marktes. Sie rennt auf den Baum in der Mitte des Platzes zu. Keinen, seit ich hier wohne, habe ich je daran klettern sehen. Aber jetzt Susan, die Behinderte. Ihr krächziges Lachen, die Sichel an der Rinde, die Hände am Ast, steigt sie hinauf. Hängt sich kopfüber wie ein Kind im Klettergerüst in den Baum. Die Leute gucken. Ich trinke Bier und gehöre nicht dazu.

Schubert wäre gern geheimnisvoll

»Heute Mittag, so gegen zwei«, sagt Schubert, »ist es mir wieder eingefallen. Die ganze Geschichte. Als ich in der Mittagspause die Pommes bezahlt hab. Ich leg der dicken Blonden an der Kasse so die paar Münzen in die Hand und auf einmal, wie aus dem Nichts, sehe ich das alles haarklein vor mir – so, als wärs schon immer da gewesen!« Dabei sei es über neun Jahre nicht da gewesen. Schubert hatte nämlich vergessen, was mit ihm passiert war an diesem Tag vor neun Jahren. Ein kleines Mädchen, ganz schüchtern und mit Schlitzaugen, hatte ihn auf dem Schulweg im Morgengrauen gefunden, wie er über einem Zaun hing. Wenn er nicht überlaut geschnarcht hätte, hätte es ihn wohl für tot gehalten, wie er dort schlaff hing, die Hände in der Lache seines käsigen Erbrochenen. Er war über einen Tag lang verschwunden gewesen und konnte sich an nichts erinnern.

Schubert konnte immer ganz genau die Stelle sagen, an der die Erinnerung abbrach, das wusste er alles ganz exakt, kein Wunder, er hat jahrelang daran herumerinnert. Nur die Stunden danach, davon hatte er angeblich keinen Schimmer. Bis heute Mittag, so gegen zwei.

»Häh«, sagt Schubert und sieht mich an, »häh, wie kann das sein?« Und er guckt, als wüsste ich die Antwort. Dabei weiß ich gar nichts, außer dass Schubert angeblich wieder Bescheid weiß. »Ich kapier das nicht«, sagt Schubert und reibt sich die Augen. »Wo war das die ganze Zeit und wieso ist es ausgerechnet jetzt zurück?« So kennt man Schubert nicht, so aus dem Häuschen, Schubert, den alten Sortierer, den Saubermann. Plötzlich aufgeregt und wirr. Er stammelt, das habe ich noch nie erlebt. Nur *Hähs* und halbe Sätze, abgebrochen und vernuschelt. Wo ist der Schubert, den ich kenne und nicht leiden kann? Dieser Schubert, der *Streichfett* sagt und *Butter* meint, der alles sammelt, Kerzen, Kreuzworträtsel, Pappkartons, und nichts gebrauchen kann. Er lebt allein und ernährt sich von Fischstäbchen, Nudeln und Ketchup, so einer ist das. Schuhe mit Klettverschluss, Hosen mit Gummizug, Funktionswäsche, Hauptsache praktisch. Dazu sein ewiges Schulterzucken. Ich mag Schubert ungefähr so gern wie Nieselregen. Wir sind Kollegen seit vierzehn Jahren, da gewöhnt man sich, trotzdem ist es mir lieber, wenn die Sonne scheint.

Schubert gehört zu diesem Job, aber er hat mich nie interessiert. Und heute benimmt sich dieser Kauz plötzlich wie ein Mensch. Da spüre ich Sympathie für Schubert, das ist mir ganz neu.

Mülltonne von oben, ich weiß nicht, wie oft er mir das erzählt hat, *Mülltonne von oben* ist das Letzte, an das Schubert sich erinnern kann. Das ist jetzt nicht die Überraschung schlechthin, Schubert ist Müllmann wie ich, er hat jeden Tag Mülltonnen in der Hand, »183,4 im Schnitt«, er hats gezählt und ausgerechnet. Er fasst sie an, er schiebt sie rum, er leert sie aus, er rollt sie zurück. Genauso auch an diesem Tag im April, Schubert weiß sogar noch die Straße, die Hausnummer, »Theodorstraße 3«, er weiß noch, wie das Wetter war, »leichter Nieselregen, grauer Himmel, gefühlte neun Grad.« Schubert war, das hat er hundert Mal erklärt, in keiner besonderen Stimmung, »leichter Durchfall in der Nacht«, er hätte ein paar Mal rausgemusst und nicht besonders geschlafen, er sei grummelig gewesen. »Aber davon«, sagt Schubert dann immer, »verliert man doch nicht das Bewusstsein, das leuchtet mir nicht ein.«

Schubert nahm also die schwarze Tonne, die vor der Hofeinfahrt stand, schob sie zum Müllwagen, hängte sie ein, sie ruckelte und spuckte Müllbeutel, Papierschnipsel und einen alten Fahrradschlauch in den stinkenden Mülltanker. Es suppte etwas bräunliche Flüssigkeit hinterher, darüber ärgerte Schubert sich, über die Flüssigkeit und dass die Mülltonne von unten ganz dreckig war. Das interessiert ja keinen normalen Menschen, nicht mal, wenn der normale Mensch Müllmann ist, aber Schubert schüttelte enttäuscht den Kopf und machte ein Kreuz in sein Notizbuch. Schubert betreut die Tonnen, so sagt er das, er ist Dienstleister in der Abfallwirtschaft, nicht einfach Müllmann. Das glaubt er sich selbst und das belastet ihn, diese enorme Verantwortung, die er zu spüren glaubt. Es gibt Tage, da ist Schubert niedergeschlagen, traurig, enttäuscht, verzweifelt. Sooft ich mich über Schubert lustig mache, so wenig ich ihn leiden kann, er kann einem leidtun, wenn er vor mir sitzt und mit seinen ungeschickten Fingern und nassen Augen eine Scheiblette Scheiblettenschmelzkäse aus der Scheiblettenschmelzkäseverpackung popelt und nicht mehr reden kann, nur noch seufzen, weil es ihm zu nahgeht. Was? Die Verkommenheit der Menschen, die Sorglosigkeit, die Verantwortungslosigkeit. Das ist es, was ihm mein Mitleid einbringt: Schubert hat so wenig vom Leben, dass er seinen Weltschmerz von Mülltonnen fremder Menschen ableiten muss.

In den Pausen sitzen wir oft zusammen und reden wenig. Und manchmal, ganz selten, tut er mir wirklich leid und ich möchte Schubert aufmunternd auf die Schulter klopfen. Wie er dasitzt mit seiner ständig piependen Casio-Quarzuhr, als würde es in seinem Leben nur so wimmeln vor wichtigen Terminen. Mit seiner Thermohose, die aus ihm ein asexuelles Wesen macht. Brustbeutel, Taschenmesser, Notizblöcke und

Gratis-TV-Zeitschriften – Schubert ist ein Vierjähriger mit Schnurrbart und Bürstenhaarschnitt, der gern Hausmeister wäre. Schubert muss alles im Griff haben, muss alles planen, alles katalogisieren und ordnen. Und ausgerechnet ihm gehen an diesem Tag im April die Lichter aus.

Eben rumpelte diese Tonne, die von unten ganz dreckig war, wieder runter und Schubert rollte sie zurück, wie immer. Und wie er auf den Deckel der Tonne guckt, bricht die Erinnerung ab, mittendrin und ohne Vorwarnung.

»Achtzehn Stunden und ziemlich genau vierunddreißig Minuten, in der die Welt nicht ohne Schubert, aber Schubert ohne die Welt auskommen musste.« So sagt er das, wenn er sich wichtigmachen will, meistens hat er dann ein, zwei Bierchen drin.

»Zaun, wieso Zaun?«, hat Schubert die ganzen Jahre über immer wieder gesagt, als wäre die ganze Geschichte ein kniffliges Rätsel, über das er nur lange genug nachdenken müsste. »Ich träume von einem gelben Anorak und Frauenbeinen, seit Wochen«, hat Schubert in der ersten Zeit gegrübelt. Ich hab dann immer nur die Schultern gezuckt und gesagt:

»Nicht unbedingt beängstigend.«

»Nein, aber das hat doch eine Bedeutung!«

Bedeutung, hätte ich am liebsten gesagt, Bedeutung, Schubert, damit hast du so viel zu schaffen wie eine Kuh mit Seiltanz. Ich habe es aber nie gesagt, sondern mich über seinen Privatdetektivblick amüsiert, seine nachdenkliche Stimmlage, wenn er sagte:

»Nur Zaun, ich meine: Zaun! Das ergibt doch keinen Sinn!«

»Was du nicht weißt, macht dich nicht heiß«, habe ich gesagt, »vielleicht hat dein Hirn einfach mal aussortiert, Frühjahrsputz sozusagen. Vielleicht war dein Gehirn einfach gelangweilt von deinem scheiß immergleichen Tag und hat sich gedacht, so, schwupps, einfach mal die Lichter aus und mal sehen, was dann mit dem Schubert passiert«.

Klappe halten, meinte Schubert, ob ich denn nicht verstehen könne, dass es einem Angst mache, dass es einen misstrauisch gegen sich selbst werden lasse, wenn man plötzlich und ohne Vorwarnung das Bewusstsein verliere und Stunden später, eine ganze Nacht später, im Morgengrauen von einem kleinen Mädchen gefunden werde, wie man im Halbkoma über einem Zaun hänge, dreißig Kilometer entfernt von dort, wo man zuletzt gesehen worden sei. Dann zeigt er mir die Narben, die die spitzen Zaunlatten hinterlassen haben: Schubert hebt das Shirt hoch, zum hundertsten Mal.

»Da muss doch was dahinterstecken, ich bitte dich.« Schubert macht die Lippen spitz, ich vermute, das soll besonders ernst wirken.

»Transiente globale Amnesie«, sagt er und ich bin überzeugt, das ist das Beste, was Schubert in seinem Leben überhaupt nur passieren konnte. Immerhin hat er so seit neun Jahren ein Gesprächsthema, umgibt ihn etwas Geheimnisvolles. Seit neun Jahren war Schubert jemand. Der Typ, von dem keiner wusste, was mit ihm passiert ist, an diesem Tag. Der Typ mit der Lücke.

»Wie ein Film«, sagt Schubert und schüttelt den Kopf, »ich seh das alles plötzlich wie einen Film vor mir.«

»Und wie ist der Film?«, frage ich.

»Ja«, sagt Schubert, »das ist es ja: langweilig.«

»Wie?«, sage ich. »Neun Jahre lang denkst du an dieser Story rum und es kommt nichts dabei raus? Da muss doch was dran sein, so langweilig kann man doch gar nicht sein!«

»Wie meinstn das?«, fragt Schubert, »meinst du etwa, ich denk mir den ganzen Quatsch aus?«

Ich schüttele den Kopf, aber das ist eine Lüge. Eigentlich denke ich das schon. Eigentlich bin ich die ganzen neun Jahre davon ausgegangen, dass Schubert einfach keinen Bock mehr hatte auf Mülltonnen ausleeren und seinen neonorangenen Anzug, auf die ewigselben Straßen, Türen, Tonnen und Tage. Und dann hat er einfach bei irgendeiner Mülltonne gedacht: So, das wars, ich gehe. Und dann ist er gegangen, mitten bei der Arbeit, der Müllwagen bog um die Ecke und Schubert drehte um und verpisste sich. Ich weiß noch, wie ich aus dem Innenhof gegenüber kam und nur noch einen orange-farbenen Wischer am anderen Ende der Straße sah, das war wohl Schubert, wie er um die Ecke bog und sich vom Acker machte. Ich rief nach ihm, aber er kam nicht zurück. Ich bin zum Wagen und hab die letzten Straßen allein gemacht, hab ihn nicht verpfiffen, so einer bin ich nicht. Ich mag Schubert nicht, aber ich scheiße ihn nicht an, wir sind Kollegen. Schubert hätte dasselbe für mich getan, er hätte natürlich ein Riesenfass aufgemacht, mir seine Einträge und Notizen wochenlang unter die Nase gehalten, aber er hätte mich auch nicht verpfiffen. Schubert ist kein schlechter Mensch, nur ein unglaublich langweiliger. Er hat sich dann drei Tage später selbst angezeigt in der Personalabteilung, da hatte er schon ein ärztliches Attest.

Schubert war also verschwunden und machte den Rest des Tages einfach, worauf er Bock hatte, langweiliges Zeug, wie ich Schubert kenne, aber anderes langweiliges Zeug als sonst. Davon bin ich ausgegangen. Und dann sind ihm, vermutlich relativ schnell, wie ich Schubert einschätze, die Ideen ausge-gangen. Und dann hatte Schubert, so habe ich es mir immer vorgestellt, einen, vielleicht den einzigen, genialen Moment in seinem Leben und hat sich im Morgengrauen einfach über diesen Zaun gehängt. Das ist doch ein wirklich cleverer Zug! Einfach das Ende einer Geschichte in die Welt zu stellen, das so abgefahren ist, dass jeder unbedingt wissen will, wie die ganze Geschichte geht. Aber Schubert sagt einfach »Häh« und tut so, als könne er sich an nichts erinnern. Das ist geheimnisvoll! Das ist verwegen! Das sind völlig neue Attribute für Schubert! Und Schubert, seien wir mal ehrlich, hat sich doch schon immer nach einem Geheimnis in seinem Leben gesehnt, wenigstens nach einem kleinen. Schubert ist einfach nicht der Typ für Geheimnisse, nie gewesen und das hat ihn selbst gewurmt, da ist es doch keine schlechte Idee, sich selbst eins hinzubauen.

Und da muss ich auch einfach mal sagen: Respekt, Schubert, das hätte ich dir nicht zugetraut, dass du auf so eine Idee kommst, dass du das tatsächlich durchziehst. Neun Jahre sind ne lange Zeit, Schubert, würde ich am liebsten sagen, Schubert, ich habe dich unterschätzt. Aber natürlich kann ich das nicht sagen, denn Schubert besteht ja darauf, dass alles genau so gewesen ist, wie er sich angeblich nicht erinnern kann. So und nicht anders.

Aber dass er jetzt behauptet, er könne sich wieder erinnern, und im Grunde sei damals einfach nichts passiert, das passt nicht. Das kann nicht sein Ernst sein: Neun Jahre Geheimniskrämerei und wildeste Fantasien und dann die totale Langeweile. Ich verstehe Schubert nicht. Aber eigentlich habe ich Schubert nie verstanden. So ein Leben! Dieser trübe Schubert hat schon in der Schule die Trinkpäckchenstrohhalme aus den Papierkörben gepickt und nach Farben sortiert, Schubert hat eben einfach nichts vom Leben, er macht unbezahlte Überstunden und bessert die Stellen im Lack des Müllwagens aus, er setzt sich hin und isst schnaufend Graubrot und hält das für eine Freude des Daseins. Da schüttelt man den Kopf und ist froh, dass man ein eigenes Leben hat.

Und dann plötzlich erwacht in mir eine Unsicherheit: Wer verarscht hier eigentlich wen? Ich dachte immer, ich mache mich über Schubert lustig, aber vielleicht lacht Schubert auch, bloß zwei Etagen höher. Vielleicht sitzt er abends allein in seiner Bude und kann sich kaum halten vor Lachen. Wer ist Schubert? Etwa doch ein Geheimnis, ein Phänomen, ein witziger Typ?

Wir trinken nichts, so viel wollte Schubert nun auch wieder nicht springen lassen, er braucht nur einen, dem er das alles erzählen kann, und wen gibt es da schon außer mir? Wir sitzen also im Stadtpark auf einer etwas nassen Bank und essen die Pommes, die ihm den Kopf wieder aufgemacht haben.

»Wie jetzt«, sage ich, »erzähl mal, was war da jetzt mit Frauenbeine und Anorak?«

»Ja«, sagt Schubert, »nichts! Jetzt, wo ich alles vor mir sehe, ist da gar kein Anorak mehr. Ich stell also diese Tonne ab und lauf so die Straße runter und bieg um ein paar Ecken, da war so ein kleines Café und ich setz mich rein und hau mir einen Kaffee nach dem andern rein und lese in der Zeitung, bestimmt ein paar Stunden und dann zahle ich und gehe und steige in einen Bus, einfach nur, weil zufällig einer neben mir hält. Im Bus gucke ich einer Frau auf den Busen, bis sie aussteigt und ich auch, sie hinten und ich vorne, sie geht rechts, ich links und dann laufe ich und kaufe mir im Edeka Whiskey und einen Brie. Ich sitz so auf dem Parkplatz vor dem Markt und trink und ess und guck so rum.« Schubert holt tief Luft und sieht mich entsetzt an, als wollte er sagen, das kann doch nicht sein, da verliere ich das Gedächtnis und einmal im Leben wäre alles, aber auch wirklich alles möglich gewesen.

Und was mache ich? Whiskey saufen, Brie essen, auf einem Zaun schlafen. So eine Chance und dann das!

»Nee«, sagt Schubert und schüttelt den Kopf. Er setzt sich etwas auf, wir glotzen auf den Rasen vor uns, da kullern ein paar junge Hunde herum, ihre Frauchen lachen, es nieselt, alles wie immer. Und dann weint Schubert, leise, aber sichtbar. Schubert weint, denke ich und sage: »Was weinste?«

Schubert zuckt die Schultern. »Scheiße«, sagt er mit richtig Zittern in der Stimme, »wenn ich mich bloß nicht erinnert hätte, warum ist mir das bloß wieder eingefallen?«.

Was hat Schubert eigentlich geglaubt? Dass er plötzlich ein wildes Tier war, nur weil sein Hirn mal für ein paar Stunden nicht auf Sendung war? Dass ihm plötzlich die krassen Geschichten unterlaufen sind, dass sein Leben plötzlich unfassbar und verrückt war? Warum? Woher? Whiskey saufen und Brie fressen und sonst gar nichts tun, das passt eigentlich ganz gut.

»Jetzt bin ich wieder alleine«, sagt Schubert, »das ist doch Scheiße!«

»Scheiße!«, schreit Schubert laut, so laut, als würde man alles, was Schubert in seinem Leben bisher so zusammengegrummelt hat, lautstärkemäßig zusammenaddieren und auf einmal loslassen, so laut. Und ich gucke ihn an und Schubert steht auf und rennt weg, er tritt gegen einen Baum und schreit, weil er sich dabei offenbar wehtut und rennt weiter, humpelnd und zeternd. So habe ich Schubert noch nie gesehen, die Fassung verlierend. Und ich denke: Enorm, so ein Ausbruch. Wild und schön.

Machst du bitte mit, Henning

Wie ich den gesehen hab, so ganz allein, hab ich gleich gemerkt, wie es anders geworden ist, also ich, und das war gar
nicht mal schlecht, finde ich. Man ist so lange, wie man eben
ist, bis man anders wird. Und dann bin ich also hin und hab
gesagt: »Ej.« Mehr nicht, im Anfang.

Ich will keinen Ärger, steht auf einem Zettel, der hängt über
meinem Bett. Das ist mein Stoppsatz, das war Aufgabe in der
Tagesgruppe, vor ein paar Wochen, wir mussten den Stoppsatz auf einen Zettel schreiben und in unserem Zimmer auf-
hängen. Und nicht hinter dem Schrank, sondern am Fenster oder über dem Schreibtisch oder über das Bett, hat Frau
Heinsohn gesagt, jeder seinen eigenen Stoppsatz. Ein Stoppsatz funktioniert so: Man sagt den Stoppsatz auf, ganz leise,
nur für sich und im Kopf, wenn es eine Gefährdungssituation
gibt – das ist eine Situation, in der es passieren könnte – und
dann stellt man sich in eine andere Ecke des Zimmers oder
wo die Situation ist, also auch nur im Kopf, und stellt sich die
Situation vor, wie wenn man sie von außen sehen würde und
sagt sich seinen Satz, ich will keinen Ärger, also das ist jetzt
ja mein Satz, jeder kann sich einen anderen aussuchen, und
dann überlegt man, was man als Nächstes macht. So geht der
Stoppsatz, das hat Frau Heinsohn mit uns geübt.

Ich bin hier in Haus Hirte Heim für gestörte Kinder, Zentrum
für Familienhilfe. Morgen ist Weihnachtsfeier, da plane ich
was, aber das ist noch geheim. Ich habe ein richtig blaues Auge
seit gestern Abend, ich sehe aus wie ein Verbrecher, sagt Frau

Heinsohn. Als ich heute Morgen reingekommen bin, durch die Tür, sagt Frau Heinsohn: »Also, Henning, was hast du denn angestellt?« und hat sich die Hände auf den Mund gelegt und sie wieder runtergenommen und auf ihren Schoß gelegt, wo die immer liegen wie zwei dicke tote Fische, und dann hat sie gesagt »Also, du siehst ja aus wie ein Verbrecher.«

Da hab ich genickt und von den anderen hat keiner was gesagt und ich hab mich einfach hingesetzt an den Tisch und dann hat Sören mir schon alles erklärt, der arbeitet in Haus Hirte Heim für gestörte Kinder, er ist der Zivi, so heißt das. Er hat erklärt, was wir heute machen sollen in der Tagesgruppe. Lebkuchen zusammenkleben, Häuser zum Beispiel oder was wir wollen. Logischerweise, das ist ein Trick, man soll bauen, was man will, und sie denken, man verrät aus Versehen was, was man gar nicht sagen wollte, also man ist so am Bauen, was man Lust hat und sagt damit aus Versehen was, so machen die das, Frau Heinsohn und Herr Kornberger, da muss man aufpassen.

Ich hab den kleinen Jungen auf dem Schulweg zurück getroffen, der kleine Junge lief da alleine rum und ich hab einfach gesagt »Ej«, und er hat geguckt und ich auch und dann hab ich gesagt »Komm mal mit«, und er ist mitgekommen, und wir sind gelaufen. Dann wollte er nicht weiter, am Ende der Straße, aber ich hab gesagt »Dann hau ich dir so lange ins Gesicht, bis du aus beiden Augen rausblutest.« Dann ist der kleine Junge mitgekommen. Wir waren eigentlich ganz freundlich miteinander.

»Man ist so lange wütend, bis man sich beruhigt hat«, sage ich. Das sagt mein Vater immer. Also nicht genau das, aber das ist so, wie mein Vater es immer sagt. Er hat mir versprochen, dass er mir das erklärt, wenn ich groß bin, »wie man immer die richtige Antwort gibt«, aber ich bin ja nicht blöd wie drei Reihen Feldsalat, Salat kann nämlich nicht denken, weil Salat kein Gehirn hat, und ich weiß auch selbst, wie das geht. Es ist überhaupt nicht kompliziert, auch wenn Papa so guckt und dicke Augen macht. »Das Prinzip, das erkläre ich dir, wenn du groß bist«, sagt Papa immer und ich schnaufe, damit er schnallt, dass ichs geschnallt hab, sein oberkluges Prinzip.

Frau Heinsohn guckt genervt. »Lass das, Henning, fang nicht wieder damit an«, sagt sie, »du sollst mir vernünftige Antworten geben, du willst doch keinen Ärger haben, oder?«

»Nein, Frau Heinsohn, keinen Ärger haben«, sage ich.

»Und auch keinen Ärger machen?«

»Und auch keinen Ärger machen«, sage ich.

»Warum?«

»Weil alles auf einen zurückkommt«, sage ich. Wenn man sich zu blöd anstellt, denke ich noch, aber das denke ich nur, das sage ich nicht, man muss immer etwas mitdenken, das man nicht verrät, niemandem, sonst wissen sie ja alles und das geht nicht.

Frau Heinsohn nickt und guckt auf ihren Block. So funktioniert das, Frau Heinsohn und Herr Kornberger wollen in die Gedanken gucken und in Haus Hirte Heim für gestörte Kinder muss man seine Gedanken verstecken, so geht das hier.

»Es hat keine Anzeichen gegeben.« Das haben alle gesagt, meine Eltern, wie sie mich hergebracht haben, »Wir sind eine gute Familie, es hat keine Anzeichen gegeben.« Und auch meine Lehrerin, sagt meine Mama, und Oma kanns nicht fassen. Keine Anzeichen. »Irgendwann ist immer das erste Mal«, sagt Sören, der Zivi, so heißt das, und zuckt die Schultern dazu. Das macht Sören immer gleich. Jeder hat so seine Sätze und auch Bewegungen, wem ist das schon aufgefallen, außer mir eigentlich? Alle benutzen immer die gleichen Sätze, manchmal, und Bewegungen auch, hej.

Das wusste ich gar nicht, wie ich hier angekommen bin, dass der Manuel heißt. Wir haben ja fast nicht geredet, also jedenfalls nicht mit Namen. Aber sie haben mir gesagt, wie der kleine Junge heißt, Manuel, hier in Haus Hirte Heim für gestörte Kinder. Frau Heinsohn und Herr Kornberger haben mir das gesagt und mir Fotos gezeigt von dem kleinen Jungen, Manuel, wie wir so zusammen im Sprechzimmer geredet haben. Und Herr Kornberger, der zwinkert immer und zieht zum Lachen immer meistens nur eine Seite vom Mund hoch und guckt einem ganz kurz ins Gesicht, vielleicht weil er jünger ist als Frau Heinsohn und kleiner auch. Er sagt »Stell dir mal vor, wie Manuel sich fühlt, stell dir vor, was er fühlt, nach dem, was du gemacht hast«, und ich warte, aber er lächelt nicht, nicht mal mit seinem halben Mund.

»Was ist das für ein Gefühl?«, sagt Frau Heinsohn, die ist aber auch wirklich groß für eine Frau, sie ist so groß wie mein Vater oder größer noch.

Wie der kleine Junge zwitschert mit seiner kleinen Stimme, erinner ich mich, wie wenn er ein Vogel ist. Und er hat feuchte Lippen, weil er ein bisschen sabbert, wie ein Hund, so klein ist der noch. Man kann ihn gut schubsen, der kleine Junge kann schon ganz gut laufen.

»Glaub, der kleine Junge denkt, sein Vater ist ein Vogel«, sage ich.

»Machst du bitte mit, Henning«, sagt Frau Heinsohn und ich nicke. »Was war Hausaufgabe?«, fragt Frau Heinsohn.

»Was ich angerichtet habe«, sage ich und Frau Heinsohn sagt »Richtig, also« – und Herr Kornberger lacht kurz mit der linken Seite vom Mund und guckt weg und sagt gegen das Fenster, aber eigentlich zu Frau Heinsohn, der Riesin, »Na ja, also, so richtig richtig ...«

»Mann, drüber nachdenken war Hausaufgabe«, sage ich, »was ich angerichtet habe.«

»Jetzt richten wir was an«, sage ich immer, wenn ich Tischdienst habe, das wechselt jede Woche, man ist immer zu dritt, alle vier Wochen. Decken und abdecken und abwischen. Wenn wir decken, sage ich immer »Was wir jetzt wieder anrichten!« Das ist ein Witz, weil man zu decken und abdecken auch anrichten sagt, oder wenn man gekocht hat, aber ich kann nicht kochen.

Frau Heinsohn findet das witzig: »Das ist ja richtig witzig, Henning«, hat sie gesagt, »du hast ja richtig Humor.«

»Scheißwitz, echt«, sagt Adam und Torben nickt und sagt »Halts Maul«, nur weil sie keinen Humor haben. Und deshalb haben sie mir gestern eine verpasst, aber richtig, Adam und Torben, zu zweit, zusammen gegen einen, das ist feige, da hatte ich gar keine Chance. Ich bin kein Schwachpisser, mal im Ernst, hej, alles, aber bestimmt kein Schwachpisser, ich kann Schwachpisser echt nicht ausstehen, also auf jeden Fall hat Torben mich festgehalten und Adam hat gekloppt, nur weil sie keinen Humor haben.

»Noch einmal«, haben sie gesagt und meinen Kopf gegen den Bettpfosten geschlagen. Das Auge, davon ist es so blau, ich sehe aus wie ein Verbrecher, echt. »Noch einmal deinen Scheißwitz und du bist richtig im Arsch.«

Nur weil sie keinen Humor haben. Aber die beiden sind sowieso dumm im Kopf, die gehen auf die Sonderschule mit den Behinderten, echt, kein Wunder, dass die keinen Humor haben, hej.

Wie wir so gelaufen sind, hab ich immer gesagt »Jetzt links und jetzt rechts«, ich habe hier die Befehle gegeben, ich hab dem kleinen Jungen gesagt »Steck den Finger in die Scheiße und leck da dran«, und der kleine Junge hat geweint und ich hab seine Hand genommen und so gequetscht, so doll wie ich konnte, und der kleine Junge hat geschrien und ich habe gesagt »Wenn du noch mal schreist, dann schneid ich deine Zunge ab, die wächst nicht nach.« Und der kleine Junge hat seinen Finger in die Hundescheiße gesteckt und geleckt und geweint.

Ich baue einen Panzer heute und kein Lebkuchenhaus, logischerweise. Man macht immer Sachen, damit die anderen nicht drauf kommen. Sie wollen den Kindern in den Kopf gucken in Haus Hirte Heim für gestörte Kinder. Darum geht es und deshalb muss man alles machen, was keinen Sinn macht, um die Betreuer zu verarschen. So ist das ganze Leben hier, man macht was, damit keiner wissen kann, was man wirklich machen würde, wenn einem keiner immer zugucken würde bei allem. Ich baue also einen Panzer aus den Lebkuchenplatten, ich klebe zwei aufeinander und stecke einen Buntstift rein und sage: »Fertig, Panzer!«, damit sie denken, Henning denkt, ein Panzer ist ein Haus, Henning denkt, man kann in einem Panzer wohnen und Krieg spielen und alles kaputt machen, Henning spielt zu viel Computerspiele, der ist ein wirklich gestörtes Kind. Frau Heinsohn klatscht einmal mit den toten Fischen und sagt »Henning ist der Erste«, und Herr Kornberger nickt und guckt aus dem Fenster und gähnt und dann sagt er: »Da hat sich aber einer richtig Mühe gegeben.« Scheißwitz, finde ich, man sollte Herrn Kornberger mal richtig eine verpassen.

Das ist kein großes Geheimnis, man nimmt ein Wort, irgendeins, zum Beispiel *liebt,* und dann nimmt man noch das genaue Gegenteil, *hasst,* und tut sie in einen Satz zusammen, und man hat eine Antwort, die immer passt. Man liebt so lange, bis man hasst. Das geht mit echt vielen Worten und stimmt fast immer, wirklich, und das ist gar nicht schlecht, wenn man mal nicht weiß, was man sagen soll oder um einen verrückt zu machen. Man ist so lange weg, bis man wieder da ist. Oder man ist so lange jung, bis man alt ist, das sagt mein Vater am alleröftesten. Es ist so lange hell, bis es dunkel wird. Das ist das ganze oberkluge Prinzip. Man kann Frau Heinsohn damit verrückt machen, wenn man es lange genug spielt. Ich habe das am Anfang nur gespielt, die ganzen ersten zwei Wochen, man hat so lange Hunger, bis man satt ist, ich schlaf so lange, bis ich wach bin. Wenn Frau Heinsohn mit mir reden wollte, hat ihre Stimme dann manchmal schon gezittert, ich weiß warum, weil ich auf jede Frage nur so geantwortet hab nämlich. Und sie hat mich gefragt, warum ich nicht kooperiere, weil ich nur hier rauskomme, wenn ich kooperiere, aus Haus Hirte Heim für gestörte Kinder. Ich habe gesagt: »Man kooperiert so lange, bis man was anderes macht.« Da hat Frau Heinsohn geschrien, das habe ich noch nie erlebt und Frau Heinsohn vielleicht auch nicht, sie hat ganz erschrocken geguckt, sie hat nur einmal hell und kurz geschrien, wie ein kurzer lauter Furz. Das war ihr peinlich. Ich habe gesagt: »Frau Heinsohn, Sie schreien, logischerweise, Sie haben die Situation nicht unter Kontrolle. Stoppsatz, Frau Heinsohn, aus der Situation aussteigen.« Das war Humor, übrigens.

Ich hab dem kleinen Jungen gesagt, er soll in den Supermarkt gehen und ein Feuerzeug klauen und wenn er erwischt wird oder was sagt, dann töte ich ihn, ich warte hier draußen. Und der kleine Junge kam mit einem Feuerzeug wieder raus und wir sind in das Gebüsch hinter dem Parkplatz, da war keiner, und dann habe ich den kleinen Jungen versucht anzuzünden an verschiedenen Stellen, im Gesicht und an der Hose, seine Jacke hat gekokelt, die war aus Plastik, das stinkt und brennt in der Nase, der kleine Junge hat nicht richtig gebrannt, nur die Haare, da hat der kleine Junge noch mal geschrien und so mit den Armen gerudert, und ich habe seinen Kopf gegen den Baum geknallt, weil ich hatte ja gesagt, dass ich ihm die Zunge abmache, aber ich hatte gar kein Messer, und der kleine Junge hat geblutet, so richtig, an der Stirn.

Ich werde es morgen sagen auf der Weihnachtsfeier, das, was noch keiner weiß. Dann kooperiere ich, wenn keiner damit rechnet. Jeder muss ein Gedicht aufsagen morgen, dafür haben alle extra eins gelernt, wochenlang, *Von drauß, vom Walde komm ich her, ich muss euch sagen, es weihnachtet sehr*, und dafür kriegt man ein Geschenk, wenn man es ganz aufsagt. Ich wette, das ist ein Scheißgeschenk, in Haus Hirte Heim für gestörte Kinder gibt es immer Scheißgeschenke. Da kann ich drauf verzichten, das Scheißgeschenk können sie behalten, mal ehrlich, da mache ich lieber einen guten Witz und erzähle, was noch keiner weiß, und nicht das dumme Gedicht, wenn schon mal alle zuhören. Einmal haben wir den ganzen Tag draußen im Garten den Rasen gemäht und alles in Säcke gestopft und die Beete umgegraben, weil wir dann ein Geschenk gekriegt haben, einen gelben Hüpfball, vielen Dank. Was macht man mit einem Hüpfball, ich war der Einzige, der was damit gemacht hat, Bastelschere reingesteckt, und nicht mal das hat richtig Spaß gemacht, hat nicht geknallt, ist nur die Luft so rausgeschnauft und ich musste ins Wutzimmer, das ist ein eckiger Raum, ganz leer, mit Matten auf dem

Boden, da kommt man rein, wenn man nicht aussteigen kann aus der Wutsituation.

Weil, ich hatte schon die ganze Zeit überlegt, was ich noch machen will, weil vielleicht geht das nicht noch mal, man muss es gleich machen, was man will, weil was man gemacht hat, das kann einem dann keiner mehr wegnehmen. Und ich wollte mal sehen, ob der kleine Junge auch einen Pimmel hat, und er musste seine Hose ausziehen, dann hab ich den in den Mund genommen. Sonst nichts. Ich hab dem kleinen Jungen gesagt, dass er sich anziehen soll und seinen Mund halten soll und keinem was sagen, sonst bring ich seine Mutter um, weil ich weiß, wo er wohnt. Das stimmte gar nicht, ich hab ihn ja einfach so getroffen, ich hab ihn ja noch nie gesehen sonst, und er soll sich verpissen, ich will ihn nicht mehr sehen. »Du hast verspielt bei mir, das Küken kräht nicht lauter als der Hahn, hau ab, du Wasserkopf, sonst töte ich dich«, hab ich gesagt, und der hatte Angst wie ein echter Schwachpisser, logischerweise, ich kann Schwachpisser ja nicht leiden, deshalb hab ich ihn noch in die Brust getreten, »Heulsuse«, hab ich gesagt. Ich war viel stärker als der kleine Junge, Frau Heinsohn findet das feige, das hat sie gesagt, als wir im Sprechzimmer geredet haben, feige, wie ein Schwächling, also Schwachpisser, meint Frau Heinsohn. Man ist so lange stärker, bis man schwächer ist.

Und das habe ich erzählt, das wusste keiner noch nicht, das hat der kleine Junge niemandem erzählt, weil er Angst hatte, dass ich seine Mutter wirklich töte, dass ich seinen Pimmel in den Mund genommen habe. Und alle haben geguckt wie leere Schubladen hier in Haus Hirte Heim für gestörte Kinder. Das war unsere Weihnachtsfeier. Frau Heinsohn hat gesagt:

»Wer noch mal aufsagt, der kriegt das Geschenk zweimal.«
Und Adam durfte noch mal, ... *nun sprecht, wie ich's hier innen find, sinds gute Kind, sinds böse Kind,* dann Geschenke, für
alle eins, für Adam zwei und für mich keins, aber drauf ge-
schissen, es gab Schokoladenweihnachtsmann und Schoko-
ladenkugeln, manche mit Ekelfüllung, die hab ich von allen
geschenkt bekommen, sogar von Adam und Torben, weil ich
so ne coole Geschichte erzählt hab.

»Barmherzig«, hat Frau Heinsohn gesagt, sie meinte die
anderen, dass sie mir was abgeben von der Schokolade, dabei
hab ich nur die mit Eierpunsch und Mint gekriegt, die wären
eh im Müll gelandet. Es sollte ein Witz sein, glaube ich, Frau
Heinsohn hat so geguckt, wie wenn sie einen Witz macht,
aber Herr Kornberger hat nicht gelacht, der hat nur mit den
Augen geklimpert und was in seiner Jackentasche gesucht
und nichts gefunden, nur ein altes Taschentuch, ich glaube,
Herr Kornberger hat keinen Humor mit Frau Heinsohn, ich
glaube, der hat nur Scheißwitze auf Lager, so wird das nichts.
Also habe ich gelacht und gesagt: »Pimmellutschen.« So, jetzt
ist es raus, man hat so lange ein Geheimnis, bis man es verrät.

Sie hat den Herbst gewonnen

Herbst. Allein das Wort. Den fang ich immer mit Geburtstag an. Herbst, dagegen ist Frühling Magerquark. Na klar, die Wolken, das Grau, ja, der Regen. Aber auch die satten Äpfel, die man auf Märkten suchen geht und die die Vorjahreszeit in sich aufgespeichert haben, die man sich jetzt würzig und süß in den Kopf beißen kann. Herbst, das ist die Sommerernte. Im Herbst sitzen, Beine auf dem Tisch und den Gaumen voll Spätsommer.

»Halt mal das Maul und mach die Nase auf«, sagt Svana. Wir sitzen am Ufer eines langweiligen Kanals. Ich hab irgendwie das Gefühl, nur weil sie heut Abend wieder fährt, ich müsste mehr erzählen als sonst. Die Zeit nutzen, so ein Schwachsinn. »Halt dein Maul und iss den Apfel auf. Wir machen jetzt Weitwurf und ich will, dass du mich gewinnen lässt.«

»Na gut«, sag ich.

»Du fängst an«, sagt sie, »und wer weiter kommt, dem gehört der Herbst, einverstanden?«

Ich nicke und gehe ein paar Schritte zurück und verbiege mir die Arme, renne los und schrei dabei: »Herr Jonathan Wolf am Abwurf!«

Und wie immer findet mein Apfelrest nicht den richtigen Winkel, wie immer klatscht er ins Wasser, wie immer weniger als fünfzehn Meter weit. Ich kenne das und Svana auch. Svana, die mit dem breiten Kreuz, die Schwimmerin, die jetzt ausholt und aus dem Stand auf das andere Ufer wirft.

»Merci«, sagt sie und dreht sich zu mir um. »Fängt gut an, der Herbst«, lacht sie, »gefällt mir.«

»Heute fängt der Herbst an«, das hat sie schon morgens gesagt, als sie mich abgeholt hat zur Arbeit.

»Quatsch«, hab ich geantwortet, »Herbst ist erst nächste Woche, ab dem dreiundzwanzigsten September.«

»Du wieder!«, hat sie geschnaubt und beide Arme in die Höhe gerissen und über ihren Kopf gehalten. »Mal in den Himmel geguckt? Das ist ja wohl Herbst! Hör mal, wie das rauscht, wie die Äste knacken. Die Vögel verpissen sich schon.« Sie schüttelte den Kopf. »Als ob das ein Datum wär.«

Svana tut so, als sei ich der komische Vogel von uns beiden, so überzeugend, dass ich manchmal fast ihrer Meinung bin. Aber eigentlich bin ich ganz normal und sie ist es, die nicht ruhig sitzen kann, die sich aufregt, plötzlich laut lacht oder ausflippt, die sich ungefragt einmischt, die kippelt, hibbelt, schwitzt und immer in Bewegung ist. »Mein Herbst!«, sagt Svana und boxt mir auf die Schulter.

Das also ist ihr Beweis: Es ist Herbst, weil sie den Herbst gewonnen hat. Eine etwas verbogene Argumentation, klar, schließlich gewinnt sie immer gegen mich im Weitwurf. Deshalb spielen wir das Spiel ja jeden Tag, Weitwurf, denn Jonathan Wolf hat ein paar motorische Defizite. Er ist eine absolute Sportniete. Wettlauf, Weitwurf, Hochsprung. Ich verliere und sie gewinnt in allen Disziplinen, immer. Was es erträglich macht: Dass sie so gern gewinnt. Und dass sie immer sagt, ich solle sie gewinnen lassen.

Auch an diesem letzten gemeinsamen Tag kommt zuerst die Arbeit, die sie inzwischen ruhig verrichten kann. Mit geübten Griffen, schnellen Bewegungen, Kopfhörer auf den Ohren, Blick auf unendlich, inzwischen kann sie das stundenlang.

Wir sitzen am Fließband, vor uns die Kartons, und stapeln Dose für Dose hinein in die Pappschachtel. Acht Stunden lang, nach der Hälfte der Zeit machen wir eine Stunde Pause. Wir hatten uns schon Weihnachten für diesen Arbeitsurlaub verabredet: Fünf Wochen am Sommerende in einer Fischkonservenfabrik an der Nordsee. Wir brauchen beide das Geld. Svana für Budapest, wo sie jetzt hingeht. Ich für mein Zimmer in Hamburg.

In der ersten Woche war Svana nur entrüstet. »So eine Scheiße«, hat sie gerufen und sich in der Mittagspause mit den anderen, die hier arbeiten, angelegt: »Wie könnt ihr das aushalten, wie könnt ihr nur. Acht Jahre hier, da wirste doch blöde.«

Die erste Woche war die schwierigste. Svana zu erleben, wie sie hier hineinwirbelte und nicht stillhalten konnte. Wie sie mit jedem sprach und alles wissen wollte. Als sei sie zu spät gekommen und müsste etwas aufholen. Wie sie alle Regeln erfragte, alle Abläufe und Hierarchien im Betrieb. Ich weiß nicht mehr, wie viele der freien Abende sie im Internetcafé verbrachte. Ich saß draußen, rauchte und sah ihr zu, wie sie sich vornübergebeugt durch NGO-Foren, Lexika und Gewerkschaftsseiten las. Nachts im Bett hielt sie mir Vorträge über Arbeitsrecht.

Ich erinnere mich genau an den Moment, als sie sich an einem Morgen in der Raucherpause plötzlich traute. Sie stand auf, stellte sich vor das leise dudelnde Radio in der Kaffeeküche und hielt mit einer etwas unsicheren Stimme ihre kleine Rede. Die hatte sie heimlich schon den ganzen Morgen beim Dosenstapeln neben mir vor sich hingeflüstert, ohne dass ich etwas verstehen konnte. Sie hatte schwungvoll und mutig begonnen, sprach von Rechten und Möglichkeiten und Veränderungen, aber dann wurde sie immer leiser. Und als sie fertig war, nach vielleicht drei Minuten, drückten die anderen ihre Kippen aus, räumten ihre leeren Tassen in die Spülmaschine und gingen wieder in die Halle. Keiner sagte ein Wort, Svana setzte sich hin und sah mich an und sagte: »Na ja.«

Ein paar Tage später hatte sie die Idee, sie könne jeden Samstag ein wenig Deutschunterricht geben, aus Trotz oder aus Überzeugung. Sie klebte eine Liste an die Tür. Am Freitag hatten sich tatsächlich vier Leute eingetragen. Gekommen ist keiner.

Ja, es gibt Niederlagen. Es gibt immer Niederlagen. Das hat mit den Ambitionen zu tun, mit den Idealen. Nie stellt man sich das Zweitbeste vor, und manchmal muss man eben zurückstecken.

Aber es gibt auch Siege. Und die sind der Beweis: Niederlagen sind richtig. Nicht nur im Sinne von: Ich hab es wenigstens versucht. Sondern auch im Sinne von: Es gibt Niederlagen, weil es Siege gibt, weil es Ideale gibt.

Man muss nur lernen, wie lange man aushalten kann. Es darf nicht über die eigene Kraft gehen. Aber wenn man die Kraft hat und man dran glaubt, dann muss es sein. Kann schließlich auch mal gut gehen, kann ja vielleicht auch was bringen. Gibt immer wieder auch Siege.

Herbst, das ist irgendwie auch Laub und bunt und rau. Herbst ist Regenjacke und zerwühltes Haar. Herbst ist kalte Finger, dicke Socken und die Zeit vor dem Frost, ist das, was übrig bleibt. Die Vögel sammeln sich auf Wiesen, Äckern oder Seen, bilden Schwärme, hauen ab. Fliegen irgendwo anders hin und man selbst sitzt so da, bleibt hier in der Kälte, im Regen, wartet einfach ab. Herbst ist immer auch ein bisschen Abschied. Die Tage werden kürzer, dunkler, frischer. Herbst ist Thermoskanne, Gegenwind und Drachensteigenlassen. Herbst ist Mütze und Kakao, raue Lippen und Spinnennetze im Gras. Laufende Nase und halbstarke Kälber, *die Küken zählt man erst im Herbst,* sagt man.

»Irgendwann schluck ich ja alles«, sagt Svana, »dann les ich eben mein Buch und träum, wenn im Bus wieder keiner zurücklächelt. Dann hör ich eben Musik, wenn sie lästern und meckern. Weißt du: Ich schlucks, ich halts Maul irgendwann. Aber ich habs aufgemacht, als noch nicht klar war, dass sie weitermeckern würden und grimmig gucken. Man muss es einfach immer wieder probieren.«

Sie hat den Herbst gewonnen. Ich gratuliere ihr, nehme sie dazu in den Arm und halte sie. Auch das ist dumm irgendwie, denn dahinter versteckt sich der Wunsch, mehr zu fühlen, mehr zu behalten von dieser komischen, seltenen Zeit mit Svana, die Erinnerung fühlbarer zu machen. Vielleicht ist es dumm, aber es ist auch nett und herzlich und echt. Und Svana findet das auch und drückt zurück, nur doller als ich und sie lacht und wittert schon wieder den Wettbewerb, den sie gewinnen wird. Svana drückt mit ihrer Schwimmermuskulatur, bis ich prusten muss und lachen und »Aufhörn« schreie, weil sie mich sonst zerquetscht. Und sie hört auf und ich taumele zurück und laufe schon mal ein paar Schritte vor, dann rufe ich »Fettes Monster!« und renne los mit meinen Krüppelschritten und rufe noch mal: »Fang mich, ich lass mich kriegen von dir.«

»Wann sehen wir uns das nächste Mal?«, fragt Svana.

Ich lache.

»Was denkst du?«, frage ich.

»Wollen wir uns für nächstes Jahr zum Arbeiten verabreden?«, fragt sie und wuchtet sich den Rucksack auf den

Rücken. Wir stehen am Bahnhof, der Zug schon vor uns. Sie hat die Flasche mit dem Wasser für die Fahrt schon ausgetrunken. Zum Abschied hat sie mir ihr Fahrrad geschenkt, ein schweres, klappriges Hollandrad. Der Zug startet den Motor, die Sonne scheint, am Himmel graue Wolkenfetzen, dünn und durchsichtig.

»Ja, aber nicht hier«, sage ich, »probiern wirs nächstes Mal woanders.«

Svana boxt mir auf die Schulter, sagt: »Ja, war so mittel hier.« Sie überlegt und sieht durch mich hindurch. »Nächstes Jahr«, brüllt sie, weil der Zug auf einmal so laut ist, »ernten wir Wein in Frankreich!«

»Tschüss«, sag ich und der Schaffner pfeift.

»Trainier mal bisschen«, sagt sie, »hast ganz schön abgelost, diesmal.«

Die Tür geht zu, der Zug fährt an. Ich setze mich auf eine Bank und warte, dass es dunkel wird.

Herbstanfang ist auf der nördlichen Erdhalbkugel der Zeitpunkt, an dem die Sonne den Himmelsäquator von Norden nach Süden überschreitet. Dann sind an jedem Ort der Erde Tag und Nacht gleich lang. »Klugscheißer«, würde Svana sagen oder vielleicht: »Papperlapapp, Herbst ist, wenn es sich wie Herbst anfühlt.« Und ich würde nicken und mir vorkommen wie ein komischer Vogel, obwohl ich natürlich recht habe, genau genommen viel mehr als sie.

Der Wind wird stärker, der Bahnhof leert sich. Es fängt an zu regnen, die Tropfen trommeln auf das alte Blechdach. Ich bleibe noch ein bisschen sitzen und warte ab, was ich nun für ein Gefühl bekomme, wo sie plötzlich weg ist.

Wie schön schlechtes Wetter ist, weiß man immer erst im Herbst. Schönes Wetter ist schön. Und schlechtes Wetter ist auch schön. Man muss nur die richtigen Dinge tun. Herbst kapiert einfach nicht jeder.

Samstags

»Dixi!«, kommt von beiden Seiten stereo. Sie lachen. »Du bist dran!« Bier holen, meinen die beiden. Sind schon randvoll. Die meinen es ernst. Dixi. Soll mein neuer Spitzname sein, haben sie vorhin gemeinsam beschlossen. Finden sie witzig. Ich mach mich auf den Weg. Ich bin wirklich dran.

Hätt ich ihnen nicht erzählen sollen vorhin, hätt ich wenigstens noch mit warten sollen bis morgen, bis nach den Kopfschmerzen. Ich hab auch mal studiert, Geschichte und Sport auf Lehramt, hab aber gleich wieder aufgehört, dann hab ich doch wieder angefangen, Technische Informatik, aber auch nur ein Semester. Dann nichts und jetzt als Bauhelfer, Jahre schon. Das ist ein guter Job, einfach und klar, schwer und schön. Nur die scheiß Dixis, die gehen gar nicht. Im Sommer die Hitze, die Fliegen, der klebrige Boden, der Gestank, Ammoniak, dass einem die Tränen kommen. Im Winter eiskalt, es zieht durch die Ritzen. Überall Schamhaare und Popel an den Wänden, so kann man doch nicht scheißen. Die Brandlöcher im Plastik, die Kritzeleien, *Stift hab keine Bange, der Meister scheißt genauso lange.* Inzwischen träume ich davon. Vom Scheißen in der Plastikhütte.

Und das hätt ich nicht erzählen dürfen. Nicht samstags und nicht vorm Fußball. Sind fast umgefallen vor Lachen. Dixi hier, Dixi da, hahaha. Ich kauf drei Bier in Plastikbechern und steh gar nicht lange an dafür. Gleich geht das Spiel los. Wir stehen bei den Ultras. Die wollen heut auf Beutezug, haben wir gehört, die Frankfurter Zaunfahne klauen. Wir wollen nicht klauen, wir wollen hauen: Dixi, Bonobo und Herr Kappelmann. Wir sind keine Ultras. Wir sind Hools.

Ich bin eigentlich anders als Bonobo und Kappelmann, die sind Edelhools mit Armani-Anzug, Lacoste und Carlo Colucci. Mein Heiligtum ist mein Cap, ne echte Burberry, ne Ikone, legendär, wird gar nicht mehr hergestellt. Sonst Jeans, sonst Bier, sonst College-Jacke. Ich bin gegen schlaue Sprüche, ich bin Bauhelfer, das reicht mir, Bücher sind mir zu tot, Frauen zu anstrengend, Ziele zu enttäuschend. Ich guck, was kommt, ich mach, was geht, die Jungs halten mich für den nachdenklichen Typen, weil ich nicht viel rede, für den konsequenten, weil ich mich nie auf irgendwelche Frauen oder Jobs eingelassen hab, weil ich nicht um sieben zum Abendessen erwartet werde. Sie lachen über mich, aber sie bewundern mich. Wir drei sind alte Kumpels und samstags sind wirs immer noch.

Bonobo, der Yuppie, und Kappelmann, der Freizeitpsycho. Wenn man sie an einem Montag oder Dienstag sieht, würde man ihnen nichts von ihrem Samstagsdasein zutrauen, niemals. Mir nimmt man das ab, ich seh schon so aus, ich hab nicht nur am Wochenende eine Glatze, hab mich bis zum Hals tätowieren lassen und meine Nase ist klein und in den Schädel geprügelt. Kann sein, dass ich hässlich bin, ich interessier mich nicht für Spiegel.

Ich seh die beiden vorne in der zweiten Reihe stehen und schwanken, haben sich umarmt und grölen irgendwas, das sie selbst nicht richtig verstehen. So dumm können sie sich saufen.

Ich komm ihnen entgegen, Plastikbiere in den Händen, Ellbogen raus und durch die anderen Bekloppten. Gar nicht einfach, das Bier zu balancieren, bei den Massen von Menschen hier. Bin nur noch ein paar Meter von ihnen entfernt, gröle »Oi«, sie sehen mich und drehen sich und schreien

»Dixi, Bier her!«, lachen ihr Idiotenlachen. Da dreht sich die arme Sau neben mir, stößt mich an und ich verschütte Bier. Jetzt kriegt er auf die Fresse, so sind die Regeln. Wir sind hier nicht im Gerichtssaal, so ist Stehplatz, kann man nicht ändern. Der Kleine sieht nicht aus, als ob er hergekommen wär, um Fäuste zu futtern, der hat nicht mal nen Schal, ist wahrscheinlich nur mitgekommen. Herr Kappelmann zögert aber nicht, rammt ihm sein knochiges Knie in die Eier und gießt ihm sein ganzes Plastikbier in den Nacken.

»Bierverschütter, Mutterficker«, sagt er und er geht mir mit dem Scheiß echt auf die Nerven, gleich will er wieder bei uns mittrinken. Ständig verschüttet er sein Bier und wundert sich dann, wo es denn hin ist und will nur mal nippen und säuft einem den halben Becher aus.

Herr Kappelmann, Perückenträger, Ästhet der Gewalt, Rechtsanwalt und Hooligan. »Geht schon«, sagt er immer. Samstagmorgen, wenn wir uns sehen, immer seine ersten Worte: »Geht schon, geht schon.« Das bellt er den ganzen Tag, egal ob es passt oder nicht.

Samstags treffen wir uns immer bei mir, da besuchen die beiden die Arbeiterklasse. Da setzt der Herr Kappelmann seine Goldlöckchenperücke, die so viel kostet wie ein Kleinwagen, gar nicht erst auf, da isst er kein Frühstücksmüsli, trinkt keinen frisch gepressten Orangensaft, schüttelt nicht den ganzen Tag Hände und liest Paragrafen. Samstags frühstückt Herr Kappelmann zwei halbe Liter und besucht seinen alten Kumpel Röber. Dann laute Musik und Pogo und Suff, einmal ist der Opa von unter mir hochgekommen, wollte sich beschweren. Der ist nur einmal gekommen. Wir machen uns warm, Dehnungsübungen für gleich, fürs Körperschach.

»Ey, Dixi«, Bonobo haut mir auf die Schulter, ich verschütte wieder ein bisschen Bier. Bonobo kriegt nicht auf die Fresse. So sind die Regeln auch. »Ey, Dixi«, Bonobo muss lachen und kann eh nicht mehr richtig geradeaus reden, »wir haben uns was überlegt für dich, therapeutischer Ansatz für dein Scheiß-problem. Wie du deine Dixi-Träume wieder aus dem Kopf kriegst.« Bonobo heißt von Sonntag bis Freitag Christian We-ber, leitet ein Möbelhaus mit fünfundzwanzig Angestellten. Und zweimal im Jahr organisiert er einen Free-Jazz-Abend in einer Musikkneipe, seine Freundin nennt ihn *Rehlein*. Er steht vor mir und findet sich witzig: »Ey, Dixi, den Typen, den wir nachher klatschen, den darfste in nem Dixi versenken.« Soll ich jetzt Danke sagen für so viel Anteilnahme? Ich stell mir Bonobo mit Brille vor und wie er Arbeitspläne macht und jungen Plattenbaupaaren Spanholzwohnzimmergarnituren verkauft. Vielleicht schon in zwei Wochen dem Bierverschüt-ter eine Einbauküche für seine erste eigene Wohnung.

Anpfiff. Von hier kann man eh kaum was erkennen. Wir haben Anstoß, Renner verletzt, Gonzo gut drauf die letzten Spiele, ich wette eh nicht mehr, dann wird das Spiel zu wich-tig und ich kann mich nicht aufs Wesentliche konzentrieren. Herr Kappelmann reibt sich nervös die Wochenendglatze, versucht, doch was zu erkennen auf dem Spielfeld und von der Seite sagt Bonobo leise in mein Ohr: »Ey, Röber, ich muss dir nachher mal was erzählen.« Ich warte einen Augen-blick, ob das schon wieder ein Witz sein soll, aber Bonobo lacht nicht und dann fällt mir auf, dass er mich ja bei meinem richtigen Namen genannt hat.

Ich guck ihn an und sag: »Halbzeit.« Und er nickt. Ich ahne, worum es geht. Seine Freundin, die er *Bernstein* nennt und über die er samstags lacht – dicker, brauner Klumpen mit

Insekten drin – die nervt ihn ganz schön, seit sie zusammen wohnen, ungefähr seit Mitte Mai, seit dreieinhalb Monaten. Vorher fand er sie ziemlich gut. Jetzt wohnt er mit ihr, zwischen Möbeln, die er bisher an andere verkauft hat. Jetzt ist er angekommen, wo er eigentlich gar nicht hin wollte und haut deshalb samstags härter zu. Aber irgendwann will er dann immer reden. Immer samstags.

»Geht schon«, sag ich.

»Was geht schon?«, fragt Herr Kappelmann und dreht sich zu uns um. Das ist sein Spruch. Kappelmann grinst und haut dem alten Mann vor uns mit der Faust auf den Kopf. Einfach so. So sind die Regeln auch: Kappelmann darf das, Kappelmann ist ein Schrank und seine Glatze macht verdammt noch mal Eindruck. Der alte Mann traut sich nicht mal, sich umzudrehen, geht ohne ein Wort aus der Reihe und verschwindet. Ich denke Idiot und meine den alten Typen. Ich wollte wenigstens sein Gesicht sehen.

Noch null zu null, die Penner aus Frankfurt haben Einwurf. Nicht viel passiert bisher und nur noch fünfzehn Minuten zu spielen in der ersten Hälfte.

In der Pause geht Kappelmann Bier holen, das ist meistens witzig und geht schnell, deshalb würd ich eigentlich gern mitkommen, aber ich muss hierbleiben bei Bonobo, weil der ja unbedingt mit mir reden will. Kappelmann schubst sich den Weg frei und grölt. Ab und zu grüßt ihn einer und Kappelmann grunzt zurück. Ich glaub nicht, dass ihn einer mag, mit ihm will nur keiner Streit, denn Herr Kappelmann ist samstags echt ein Tier. Dem ist samstags die ganze Welt egal. Geht schon. Der hat keine Angst, dass ihm einer das Jochbein bricht oder seine Zähne zerschlägt oder ein Messer in den Bauch steckt. Der ist voll und weg, Herr Kappelmann hat keine Hemmschwelle. Montag bis Freitag Rechtsanwalt,

Fachgebiet Wirtschaftsrecht. Samstags Vollidiot, Tier und keine Angst, dass er irgendwann im Knast landet, weil er einen mal aus Versehen richtig kaputt macht. Vier Nasen hat er schon gebrochen in diesem Jahr. »Knack macht das«, sagt er und lacht. Findet er gut, find ich auch gut. Knack, witzig und absurd. So ne Type, dieser Herr Kappelmann, der redet nicht viel, der haut Nasen kaputt und alten Männern mit der Faust auf den Kopf.

Was Kappelmann sonntags macht, weiß ich nicht, obwohl ich ihn ja kenne, seit wir siebzehn sind. Bonobo auch, der jetzt tatsächlich von seiner Freundin redet. Ich hör gar nicht richtig zu, bis er seine Hand auf meine Schulter legt. Er hat allen Ernstes Tränen in den Augen.

»Ey, Röber, Mann, dir kann ichs ja sagen: Ich hab richtig Schiss.« Wenn Bonobo so drauf ist, geht er mir richtig auf die Eier. Ich bin kein Briefkastenonkel, nur weil ich noch nicht mit den Zähnen knirsche. Mir kann ers ja sagen, was soll das heißen, bitte? Ich guck ihn an, keine Ahnung mit was für nem Blick.

»Anna ist schwanger«, ruft er in mein Ohr und ich sage:

»Häh?!«

Bonobo nickt.

»Echt«, brüllt er, es ist scheißlaut in der Kurve, »is so weit.«

Wiederanpfiff, geht gleich richtig gut los. Gonzo mit dem öffnenden Pass, schnell geschaltet, geht zack, zack. »Bonobo«, sag ich, »wenns ein Junge wird, dann machen wir nen richtigen Primaten aus ihm. Dem vermach ich mein Cap. Und wenns ein Mädchen wird ...« Ich zuck die Schultern, dreh mich um, ja, was, wenns ein Mädchen wird? Robbel vorbei an zwei und quer auf diesen jungen Franzosen, den sie da vor der Saison geholt haben, Büschohn oder wie der heißt, aber der macht sich Knoten in die Beine, der Froschfresser, und verliert den Ball. Konter für die Frankfurter. »Dann behalt ich mein Cap, auch kein Drama«, sag ich und Reinhart, der hatte echt mal gute Tage, aber inzwischen ist er einfach zu alt und wir haben aber trotzdem keinen besseren, steht viel zu weit vor dem Tor und so eine Frankenfotze zieht einfach ab und trifft. Wie der sich freut! Rennt Richtung Eckfahne und wirft sich mit der Brust auf den Boden, rutscht in die Kurve. Wir pfeifen und brüllen was wir können und schubsen die Leute, ich tret den Vater von dem kleinen Jungen vor mir, der fällt eine Reihe nach vorn, in eine Gruppe Studenten, von denen hauts auch noch einen um, Domino-Day. Der Junge glotzt mich an, hat Schiss und ne Brille, kein Primat. »Guck weg, du Honk«, sage ich. Null eins hinten, Scheiße natürlich, aber immerhin Leben in der Bude. Plötzlich ist Kappelmann wieder da und schreit genau in mein Ohr: »Was spielt der Reinhart überhaupt, dem sollten sie den Gnadenschuss geben, dem Krüppel, welcher Idiot stellt den auf?« Jetzt fiept mein linkes Ohr und mein rechtes ist ein bisschen schwanger.

Trainer wechselt einen Amateur ein, den ich nicht kenne, nie gehört, aber der ist schwarz und wir haben Hoffnung, das sind ja manchmal echte Wunderneger, Rohdiamanten. Vielleicht haben wir ja auch mal Glück im Kolonialfußballlotto. Siebzigste Minute oder so, also fängt Kappelmann langsam an, sich einen rauszusuchen. Bonobo hat sich wieder gefangen oder tut so und hält uns die Pillen hin, wir nehmen sie und wissen, wie die uns gleich abschießen werden: »Gleich klatschen, Dixi.«

Und Kappelmann brüllt: »Oi, Oi, Oi«, wie ein Idiot, »Oi, Oi, Oi.«

Er ist schon wieder in Schlachtruflaune. Das ist immer so ab der Siebzigsten. Ich hab die Regeln nicht gemacht. Kappelmann stupst zwei Reihen vor uns einen an, fast zärtlich, der hat schwarze kurze Haare, athletischer Typ, garantiert Russe. Fair Play, denke ich. Kappelmann guckt ihn lange an und der Russe ihn. Dann sagt Kappelmann: »Ey, deine Mutter kenn ich, die steht doch immer vorm Bahnhof und lässt sich für zehn Cent anpissen.«

Charmant, dieser Kappelmann. Der Russe dreht sich um, hat wohl keinen Bock, sich zu hauen. »Die bellt, wenns klingelt«, schreit Kappelmann, aber der Russe glotzt stur Richtung Spielfeld, dann schreit er was. Gibt nämlich Elfmeter für Frankfurt, ich hab nicht gesehen warum, aber Kappelmann nutzt die Unruhe und das Geschrei, um dem Russen eine an den Kopf zu geben, der geht ihm blitzschnell an die Gurgel und das macht Kappelmann an, das seh ich in seinen Augen, wie in ihm plötzlich alle zivilisatorischen Lichter ausgehen. Der ist schon richtig drauf, total nervös und viel zu schnell in seinen Bewegungen. Er schlägt ihm den Arm weg und schreit oder lacht, es ist ein merkwürdiges Geräusch und sein Kiefer ist ganz verkantet, am Hals ist jede Sehne, jede Ader ganz genau zu sehen.

»Ich mach dich kaputt, gleich nach dem Spiel mach ich dich kaputt«, grunzt Kappelmann eher zu sich als zum Russen, der sich einfach wieder umgedreht hat und paar Schritte rüber zum Zaun ist. Kappelmann kann sich grad noch halten, damit es keinen Ärger mit den Ordnern gibt. Eine Anzeige wär scheiße für den Anwalt.

Zwei zu null für die bekloppten Frankfurter. Mir total egal. Kappelmann nimmt sich mein Plastikbier und trinkt es aus, er zittert wie kurz vorm Abspritzen, der ist auf hundertachtzig und geil. Es ist Samstag. Neunzig Minuten rum, vier Minuten Nachspielzeit. Wir gehen schon zum Ausgang und warten auf den Russen. Im Losgehen tritt Kappelmann ihm über die Sitzreihen hinweg schon mal in den Rücken, schreit »Kinderficker« und zeigt ihm die Zähne. Der Russe guckt fies, plustert bisschen, aber mehr traut er sich nicht, das sieht man schon, dass er weiß, was gleich passiert, da leuchtet schon die Angst im Blick, das seh ich jeden Samstag, da hab ich ein Auge für. Hält sich aufrecht, der Russe, aber gleich wird er zerlegt.

Abpfiff, Randale, Gegröle, ich merke, wie ich zappelig werde, alles wie vorgespult, viel schneller, samstags nach Abpfiff, da heulen Frauen und Fans, tut alles weniger weh, fliegen Flaschen, treffen Fäuste, brechen Knochen. »Dixi«, schreit Bonobo und zieht mich zu sich, »da drüben isser.« Kappelmann hat ihn im Blick, jetzt folgen wir dem Russen. Scheiße, denk ich, der hat ja die Freundin dabei. Das ist schlecht. Wenn du auf *Zerstören* bist, im Kriegsmodus, stört nichts so wie eine Frau, die schreit und weint und Sorgen hat. Du bist so in dir, du denkst nichts, du suchst die Lücke und wenn du treffen kannst, dann triffst du, Faust auf den Schädel, zwei Schläge die Sekunde, kinetische Meditation, sagt Kappelmann. Eine Frau ist die andere Welt, die kein Mensch will am Samstag.

Später stehen wir vor dem Gebüsch und halten die Russenfreundin fest, damit sie sich nicht einmischt, damit Kappelmann sie nicht aus Versehen kaputt macht, wenn sie dazwischengeht. Die wär so eine, dünn und hysterisch, die würde dazwischenspringen und kratzen und beißen und mit ihren spitzen Nuttenschuhen zutreten. Und Kappelmann würde sie wegwischen wie eine Mücke, um nicht gestört zu werden. Sie versteht nicht, was wir tun, worum es geht. Gewalt, Ästhetik,

Klarheit. Es ist einfach so, einen sucht man sich raus und der muss mitmachen, ich hab die Regeln nicht gemacht.

Die Kleine schreit, nur paar Meter vor uns schlägt Kappelmann auf den Russen ein, der Russe tritt und spuckt. Ein zäher Russe. Kappelmann blutet an der Lippe, er grinst mit roten Zähnen, aber er lacht nur und springt in den Russen rein, als wär er eine Abrissglocke, er hat ihn am Arsch, der Russe hat Panik, das les ich in seinen Bewegungen, der versucht nur, das Schlimmste zu verhindern. Kappelmann immer rauf, aber der Russe schreit nicht. Ein stummer Russe, nur das leise Klatschen oder ein *Uff*.

Kappelmann ist kein Ehrenmann, nicht mit Pille im Kopf, da hört er nicht auf, wenn einer liegt. Wir schieben die Russenfreundin durch die brüllenden Ultras hinter den Busch. Sehen kann man nichts mehr, aber weil wir gleich nebenanstehen, hören wir die Geräusche von Schlägen, von Tritten, die landen, die treffen, die verdammt noch mal wehtun. Ich kann verstehen, dass sie rumkreischt. Aber ich kann nicht verstehen, dass Bonobo guckt wie ein Cockerspaniel. Der geht mir heute echt auf die Nerven.

»Röber«, sagt er und ich hör ihn kaum, weil die Kleine wirklich durchdreht und tierisch laut ist und ich mich sowieso lieber auf den Sound der Schläge konzentriere. »Röber, Alter, ich glaub, ich bin verliebt.«

Ich kanns nicht fassen. Ein paar Meter weiter ist einer dabei zu gewinnen, ich hörs jetzt: Die dumpfen Schläge werden regelmäßiger. Jetzt geht es um Wunden. »Na prima«, sag ich, »passt doch. Haus bauen, Baum pflanzen, Familie gründen. Bonobo in love. Rehlein und Bernstein.«

Er sieht mich an, er schüttelt den Kopf, die Natascha ruft um Hilfe.

»Nee, Röber, das isses ja. In ne andere! Kollegin, ne neue. Eine ganz Süße, erst neunzehn, ganz ne Liebe ist das, zart wie ne Knospe. Ich glaub, ich will das nicht mehr, mit ... dem Bernstein, weißt du, Röber, das ist ein beschissenes Gefühl. Aber ich kann das nicht: Vater sein, alt werden mit dieser Frau. Ich wollte mich verlieben, das war vorsätzlich. Wollte wer Neues sein! Verstehste? Einfach alles anders sagen und machen und sie glaubts dir, kennt dich ja nicht, muss sie ja.«

»Alter, Bonobo, was laberst du?«

»Scheiße, Röber, ich dachte, du verstehst mich. Du bist doch auch so. So ... frei.«

Die Russin beißt Bonobo in die Hand. Der schreit und lässt sie los und hält sich die Hand wie ein Mädchen. Die Tatjana reißt sich auch von mir los und gräbt sich durch das Gebüsch. Und genau in diesem Augenblick kommt Kappelmann mit Blut an der Faust und im Gesicht außen um das Gebüsch rum auf uns zugelaufen. Er hält die Linke hoch, alle fünf Finger gespreizt. Fünfte Nase, gewonnen. Keine Ahnung, obs sein Blut ist oder Russenblut in seinem Gesicht. Er lacht.

»Und?«, sag ich.

Und Kappelmann sagt: »Geht schon. Fertig. Was läuft der auch mit nem roten Pulli in unserm Block rum.«

Ich hör das Gewimmer der Kleinen.

Bonobo grölt: »Ey, los, Dixi, Alter, jetzt versenkst du den beschissenen Frankfurter noch im Dixi.«

Und er krümmt sich schon wieder vor Lachen. Ist aber gestellt, das merk ich sogar mit den ganzen Drogen im Kopf.

»Oi, Oi, Oi.« Jetzt auch noch Kappelmann, der mich in den Arm nimmt und mich vollschmiert. Kappelmann in seinem braunen Armani-Anzug mit dem ganzen Blut, frisches und altes und sehr altes aus mindestens zwei Jahren, so lange hat er den Anzug jeden Samstag an. Scheißegal. Stört mich

nicht, macht mir nichts. Wer die ganze Woche auf Dixis ka-
cken muss, den ekelt nichts mehr.

»Ey, Kappelmann, was machst du eigentlich sonntags?«,
frage ich. Er bleibt stehen wie angewurzelt und guckt. Guckt
so starr und fest in mein Gesicht, als wär ich ein bekloppter
Frankfurter.

»Dixi, Alter«, sagt er, »morgen, da entführen wir den Reinhart und erschießen ihn. Notschlachtung. Geht nicht an, dass
die verschissenen Frankfurter hier gewinnen.«

Bonobo tritt mir leicht in den Arsch und Kappelmann haut
mir auf die Schulter. »Los jetzt!«, kreischt Bonobo, »versenkst
den jetzt. Konfrontationstherapie!« Sie schubsen mich durch
den Busch und zu dem Russenpärchen. Sie hockt neben ihm
und hält seinen blutenden Kopf. Zwei Minuten nicht ge-
polsterte Fäuste hinterlassen hässliche Spuren. »Dixi, Dixi!«,
johlen die zwei. Sie lachen wie blöde, der Russe stöhnt, die
Svetlana weint in ein Handy. Ich denke an Catchen und Free
Fight, an den Finishing Move, aber eigentlich will ich einen
Gegner und kein Opfer. Ich dreh mich um zu Bonobo und
sage leise: »Geht schon.« Dann springe ich ab und liege in der
Luft.

Marta

Rummel rummel röten
giv me n Pott voll Pfoten

[Ich wollte dich doch noch entführen, Marta. Ich wollte dich doch noch einpacken und verschleppen. Dich erst auspacken an einem Ort, an dem du in Sicherheit wärst. Ich wollte dich noch aufpäppeln und gesund machen, verteidigen und behüten. Ich wollte dich doch noch entführen, Marta, und ein Leben mit dir verbringen. Ich wollte am Tisch deiner Eltern sitzen und mir Geschichten erzählen lassen von dir als Kind. Ich wollte noch mit dir verreisen, mit dir Herbst und Winter erleben, Äpfel pflücken, Kekse backen, Weihnachtsgans essen. Ich wollte mich doch auch unbedingt noch mit dir streiten, wenigstens ein Mal im Leben, sonst kennt man einen Menschen doch im Grunde gar nicht. Kenne ich dich, Marta?]

1. Marta lässt sich finden

givst me een
bleev ick stehn

»Wie heißt das noch mal?«
    »Was?«
    »Laufen und Saufen auf Norddeutsch?«
    »Rummelpottlaufen.«
    Und wie jedes Mal fing genau in diesem Augenblick, in dem ich das Wort aussprach, der Zirkus an. Marta warf den

Kopf in den Nacken, krähte ein Lachen aus sich raus und machte kleine, schnelle Hopser mit beiden Beinen. Sie hob nur Zentimeter vom Boden ab und landete erstaunlich geräuschvoll für ihre achtunddreißig Kilo, die sie nur noch wog [Ich habe ein Kinderfoto von dir gefunden, da bist du ein lustiges kleines Mädchen mit dicken Backen, Marta].

Sie zappelte mit den Armen, als wär sie Spastikerin und ich hatte jedes Mal Angst, sie könnte hinfallen und sich ihre dünnen Knochen brechen oder ihren Schädel. Meine Güte, hat sie sich aufs Rummelpottlaufen gefreut.

»So was Ehrliches!« sagte Marta, weil man beim Rummelpottlaufen von Haus zu Haus geht und nichts anderes macht, als mit immer neuen Leuten zu singen und zu trinken. Man klingelt, die Leute kommen raus und man singt und betrinkt sich mit ihnen. So lange man kann oder ein bisschen länger. *Fruken, mok de dör op, de rummelpott will rin,* dann: *Nich lang schnacken, Koppinnacken.* So macht man das bei uns.

»Ich liebe Friesland! Ich mag die Ehrlichkeit! Und die Poesie! In Russland würde man sagen: Laufen und Saufen! Verstehst du, Paul: Die gleiche Offenheit! Die gleiche Ehrlichkeit! Nur schöner gesagt. Wirklich, die Friesen und die Russen, ich glaube, das ist eine große Liebe!«

Das hat Marta genau so gesagt, das werde ich nie vergessen. Denn danach hat sie mich lange mit ihrem nachdenklichen Blick angesehen, ganz so, als hätte sie gerade irgendwas von Bedeutung gesagt, das hat mich ganz durcheinandergebracht. Ich wusste nicht, ob ich lachen sollte oder ob sie das hier gerade ernst meinte. Aber Marta beugte sich ganz, ganz langsam zu mir rüber, zeitlupenartig, nahm den Blick nicht von mir. Und dann hat sie mich geküsst, ganz langsam und ganz zart, auf den Mund. Das war unser erster Kuss, Marta hat mich einfach geküsst. Und ich habe mich gefreut, dass sie es getan hat. Wir küssten nicht viel. Marta, alles andere als maßvoll, mit Küssen war sie sparsam.

Wenn Marta küssen wollte, dann wollte ich auch, wenn Marta beschloss, eigentlich Friesin zu sein, war sie es, und wenn sie entschied, ihren Körper mit Drogen vollzupumpen, dann war das eben so.

Ich hatte Marta gefunden. Wie sie im Morgengrauen schlafend in der Bahn lag, mit offenem Mund.

Ich setzte mich in den Vierer ihr gegenüber, es war noch früh, die Bahn vollkommen leer. Ich sah sie an, wie sie da saß, zusammengeknickt zwischen den zwei Sitzbänken auf dem Boden, den Kopf an den Mülleimer gelehnt. Ihre fransigen braunen Haare hingen ihr vor den Augen. Unter meinem Arm klemmte eine Tüte Brötchen, es war kühl, aber ich trug meine kurze Hose, wie immer zum Laufen, an meinen Füßen die uralten Joggingschuhe, ich schwitzte. Solange ich noch Student war und ein Semesterticket hatte, konnte ich es mir leisten, nicht im Kreis zu laufen, und joggte also eine Strecke, stieg dann in die Bahn und fuhr zurück, das war viel angenehmer, als die immerselbe Strecke im Kreis zu laufen. Marta verschluckte sich im Schlaf, murmelte etwas Unverständliches und legte ihren Kopf auf die Sitzbank.

Ich habe nicht groß nachgedacht, ich habe sie nur angesehen. Ich weiß nicht warum, es war ein Impuls, ich ging einfach auf Marta zu und hockte mich vor sie hin [Marta, so hart es klingen mag, vielleicht wollte ich nur einfach nicht zurück an meinen Schreibtisch, wenigstens nicht alleine]. Ich habe sie zart angestupst, sie vorsichtig geweckt und ihr aufgeholfen. Marta stand, sie wankte, wischte sich die Spucke aus den Mundwinkeln, guckte mich an wie ein kleines Kind, das man mitten in der Nacht aus dem Schlaf gerissen hatte. Ihre riesigen dunklen Pupillen zuckten wirr umher. Ich kann nicht sagen warum, aber ich war auf Anhieb ... aufgeregt? Heute kommt es mir vor, als wäre ich schon in diesem allerersten Moment in sie hineingeklettert, als wäre ich wie über eine winzige, schmale Wendeltreppe in ihren rauchigen, kastanienbraunen Blick hinabgestiegen. Später hat Marta immer steif und fest behauptet, sie würde sich haargenau an diesen Moment erinnern, aber das habe ich ihr nie abgenommen. Sie konnte sich garantiert an überhaupt gar nichts erinnern, sie war benommen und in irgendwelchen Traumresten verheddert. Sie stand im Neonlicht und sah aus, als wolle sie sich jeden Augenblick wieder hinlegen. Besser ich nahm sie mit, als irgendwer anderes.

Die Bahn ruckelte und kam zum Stehen, Marta schwankte. Ich nahm ihre Hand, damit sie nicht fiel, und wir stiegen aus. Ich zog sie in die kühle, graurote Dämmerung und Marta stolperte wortlos neben mir her. Sie ist einfach mitgekommen, als hätte sie darauf gewartet, dass jemand sie mit sich nimmt, als wäre das immer so.

Marta saß in meiner Küche und sah sich um, drehte den Kopf hin und her wie ein Küken. Sie trank den Kaffee schwarz, wie ich ihn ihr hinstellte, rauchte, ohne zu fragen, zog sich die Beine vor den Bauch, aschte in die Blumentöpfe auf der Fensterbank und lächelte mich abwesend und zufrieden an. Sie sah kaputt aus, überall zeichneten sich Knochen unter ihrer hellen Haut ab. Darüber lag eine hauchdünne Schicht bunter Schatten, Druckstellen, die erst tiefblau oder violett schimmerten und über die Tage von grün über gelb wieder in Martas Blässe aufgingen. Sie hatte Ausschlag in den Armbeugen und den Mundwinkeln. Sie sah krank aus mit ihren trockenen, rissigen Lippen. Ich gab ihr Creme, und während sie ihre Lippen damit einrieb, schlief sie ein [Wie kann man so tief und fest und schnarchend auf einer vollkommen fremden

Couch in einer vollkommen fremden Wohnung schlafen, Marta, wie geht das?]. Ich ging in mein Zimmer, setzte mich an den Computer, starrte auf die Zwischenüberschrift: *Selbstbestimmung und Qualitätsstandards in der gesetzlichen Betreuung von Menschen mit einer geistigen Behinderung.* Ich sollte schreiben, ich sollte denken. Stattdessen kochte ich alle halbe Stunde einen neuen Tee und während ich in der Küche auf das Wasser wartete, sah ich mir Marta an, kam ihr jedes Mal etwas näher, setzte mich neben sie und betrachtete ihr kleines, dünnes Gesicht. Ihre schmale Nase, die langen, dunklen Wimpern, den rauen Mundwinkel, aus dem ein winziger Speichelfaden auf mein Sofa lief. Sie hatte die weichgecremten Lippen etwas vorgeschoben, leicht geöffnet, zu einem wunderbar zärtlichen Kreis geöffnet. Ihr Mund roch nach Rauch und Erbrochenem. Ganz leise konnte ich ihren Atem hören.

Irgendwann stand Marta hinter mir in meinem Arbeitszimmer, und sie pfiff tonlos, im Grunde pustete sie bloß, aber es sah aus, als wolle sie eigentlich pfeifen.

»Wer bist du?«, wollte sie wissen.

»Paul«, sagte ich, »und du?«

»Marta«, sagte Marta, »du hast lustige Ohren, kann ich die mal anfassen?«

Sie tastete vorsichtig an meinen Ohren herum, streichelte einmal rundherum, steckte dann den Finger unter die äußerste Wölbung, fuhr ein kleines Stückchen darunter entlang, nahm mein Ohrläppchen zwischen Daumen und Zeigefinger und drückte sanft.

»Wohnst du hier?«, fragte Marta.

»Ja.«

»Kennen wir uns?«

»Nee, also: Ein paar Stunden. Du ... du hast in der Bahn ...

rumgelegen. Und ich hab dich mitgenommen.«

»Hast mich einfach mitgenommen?«

Ich nickte, Marta sagte: »Find ich gut. So was mag ich.«

»So was magst du?«

»Ja. Was machst du da?«

»Schreiben. Ich muss meine Abschlussarbeit abgeben. In drei Wochen ist Abgabe.«

»Ach was!«, sagte Marta, setzte sich neben mich auf den Boden und gähnte so mächtig, dass ihr ganzer Körper erzitterte. Sie sah aus wie ein zwölfjähriges Mädchen und gleichzeitig so ganz und gar nicht. Ich weiß nicht, wie man so aussehen kann. Es kam mir vor, als habe ihre Haut kurz vor der Pubertät beschlossen, keinen Quadratzentimeter mehr zu wachsen. Der Rest ihres Körpers aber, vor allem ihr Skelett, war gewachsen, drückte von innen gegen ihre Mädchenhülle und dehnte, überdehnte sie. Ihre Haut war geizig dünn über ein leicht gekrümmtes Gerippe gespannt.

Fast ein Jahr lang hatte ich nur in der Bibliothek gesessen und gelesen und seit gut einem halben Jahr saß ich nun zu Hause und schrieb meine Diplomarbeit oder versuchte es. Ich ordnete meine Notizen, bastelte mir mühsam Thesen und hatte mir Tagesabläufe zurechtgelegt, strenge Pläne, damit ich auch wirklich arbeitete: Jeden Morgen stand ich um sechs Uhr früh auf und ging joggen, um Viertel vor sieben war ich zurück mit frischen Brötchen, ich hörte die Nachrichten im Radio, während ich duschte und in der Küche die Kaffeemaschine lief. Mit Kaffee an den Schreibtisch, um halb zwölf erlaubte ich mir, E-Mails zu lesen und zu beantworten, eine halbe Stunde lang. Dann ging ich für eine Stunde raus in die Stadt, aß in der Mensa und las ein bisschen in der Zeitung. Um eins saß ich wieder an meinem Schreibtisch, las, ordnete, versuchte zu schreiben, und um fünf gönnte ich mir eine kurze Pause. Ich schuf mir Rituale und Regeln, hangelte mich durch die Tage. Seit Monaten hielt ich mich sklavisch an diesen Plan.

Ich traf keine Freunde, ich sprach kaum mit einem Menschen, ich erlebte nichts. Abends räumte ich meine Wohnung auf, putzte das Bad, die Küche, spülte das wenige Geschirr, das ich benutzte, saugte Staub, später lag ich wie tot im Bett und sah Quizshows und Krimiserien, zu mehr war ich nicht in der Lage.

Und dann habe ich Marta gefunden. Sie saß an meinem Küchentisch, gähnte und sagte: »Lass uns frühstücken gehen, ich lade dich ein.« Es war längst Nachmittag.

Also saß ich Marta gegenüber, in diesem kleinen Café, ihrem Café, in dem wir von diesem Tag an knapp fünf Wochen lang fast kein Frühstück in der Abenddämmerung ausgelassen haben. Es war voll und laut und man hätte sehr laut sprechen müssen, wenn man sich hätte unterhalten wollen, aber wir sprachen nicht, wir saßen uns nur gegenüber und lächelten uns an. Marta sah mitgenommen aus, aber sie hatte etwas Leuchtendes, das ich einfach gerne ansah. Ich habe sie vom ersten Moment an genossen. Und das nicht, weil Marta schön ist, das sicherlich nicht. Vielleicht aber, weil ich sofort wusste, dass es die letzte Gelegenheit war. So wie man einem seltenen Tier zusieht, dem letzten seiner Art, um später den Kindern und Enkeln wenigstens noch davon berichten zu können. Ich habe alles abgespeichert in meinem Kopf, ich kann alle Momente aufzählen, auswendig aufsagen. Martas kleine Show, Marta, die sich nicht benimmt, am Morgen dasitzt und minutenlange, gaumensprengende Gähnanfälle hat oder in der U-Bahn halb schlafend an ihren Schnürsenkeln zerrt, den Fuß hebt, sodass jeder unter ihren Rock sehen kann, die Innenseite ihres Schenkels bis zum Dreieck ihrer weißen Unterwäsche. Unerotisch mädchenhaft, nicht schamlos, sondern merkwürdig unbewusst. Oder gleichgültig, weil ihre klapprigen Storchenbeine mit den Flecken sowieso keinen Reiz mehr hatten? [Ich habe dir so genau zugesehen, Marta, mit einem Blick, den ich vor dir gar nicht kannte. Mit der Klarheit der zukünftigen Erinnerung. So wie ich mich erinnern würde, dich gesehen zu haben, verstehst du mich?]

Die Sonne ging gerade unter und Marta bestellte Kuchen, sieben Stücke, und Red Bull. Das war ihr Frühstück, jeden Tag, den ich mit ihr verbracht habe: Sie bestellte abartig viel Kuchen, auf einzelnen Tellern, die vor ihr auf dem Tisch standen und von denen sie kaum etwas aß. Ich weiß nichts von Marta, ich weiß nicht, woher sie kommt und wie sie ihr Leben verbracht hat. Aber wahrscheinlich aß Marta schon immer Kuchen zum Frühstück, sie bestellte ihn mit einer Selbstverständlichkeit, die das nahelegte.

Zwei Minuten lang war es still, Marta musterte, über die vielen Teller gebeugt, die verschiedenen Kuchenstücke, roch an ihnen, lächelte selig. Dann brach sie hier und da ein Eckchen ab und steckte es sich in den Mund.

Eine widerliche Kombination, Pflaumenkuchen und Red Bull, ich verzog das Gesicht, Marta spülte den Brei in ihrem Mund herum, schluckte und grinste mich an. Sie räusperte sich laut und fing an zu husten, versank in sich und arbeitete irgendwas aus den Tiefen ihrer Lungen hervor, sie sah mich nicht mehr, kramte in ihrer Tasche und spuckte in eine Zigarettenschachtel.

»Ich hab noch drei Wochen«, sagte ich. Marta schüttelte den Kopf, zeigte auf ihre Ohren.

»Drei Wochen!«, rief ich.

»Ja und?«, las ich von Martas Lippen.

»Dann ist Abgabe. Ich dürfte nicht hier sitzen«, sagte ich. Ich dachte an die langen, neonbeleuchteten Flure meines Instituts, an die Arbeitspläne, die ich erst gestern Morgen in meinem Zimmer über das Telefon gepinnt hatte, meine To-do-Listen, an die Koffein-Tabletten in meiner Jackentasche. An den letzten Punkt meiner Arbeit, den ich nun endlich würde angehen müssen: *Identitätsbildung als Gegenstand und Ziel der Sozialpädagogik.*

Und nun saß ich hier, mit Marta, sah in ihre Augen, wusste gar nichts mehr.

»Dann geh, wenn du nicht dürftest!«, sagte Marta. »Was schreibst du eigentlich?«

»Ich hab im Studium ein behindertes Kind einer behinderten Mutter betreut. Und jetzt versuche ich seit einem Jahr, eine Arbeit über den Job zu schreiben. Eigentlich geht es darum, wie man die Beziehung zur Mutter als wichtige Bezugsperson aufrechterhält.« Marta machte kleine Kreise mit ihrem Kopf und sie zeigte mit beiden Händen auf ihre Ohren, ich winkte ab und rief: »Egal!«

Marta nickte, hob den Daumen und stand auf. Sie zog sich die langen braunen Haare vor den Mund, schnappte mit den Lippen danach, dann fiel ihre Hand herunter und schlenkerte an ihrem Arm aus, als sei der ganze Arm plötzlich ausgeschaltet worden. Ihre Haarspitzen waren abgekaut. Sie trug ein dünnes, pinkes T-Shirt, das alt und billig aussah auf eine Art, bei der man genau wusste, dass es zweihundert Euro gekostet hat. Der Ausschnitt war zu weit und ausgeleiert. Marta verzog das Gesicht und beugte die Hüfte vor wie bei einer gymnastischen Übung. So stand sie vor mir, nach unserem ersten Frühstück, ich sehe sie mehr als genau vor mir, es ist wie eingebrannt, dieses Bild von Marta. Ich saß und sah sie an, weil ich nicht begriff, dass sie einfach gehen konnte, ohne zu bezahlen. Ich kannte die Regeln nicht, Martas Regeln. Marta zahlte hier wöchentlich, nicht täglich. Sie spuckte ein Lachen aus und erklärte natürlich nichts.

[Was wolltest du mit mir, Marta? Warum ich? Wer war ich denn? Ich passe doch gar nicht zu dir, Marta, ich funktioniere, esse Müsli und Gemüse, ich achte auf meinen Körper, gehe zum Arzt, gieße meine Pflanzen, bügele meine Hosen, lese Zeitung, höre Radio, kaufe Tickets im Bus und der Bahn, ich werde nervös, wenn Gäste in meiner Küche meine Ordnung stören oder ich es abends nicht mehr schaffe, zu spülen.]

Marta flatterte über den Bürgersteig vor mir her und irgendwann blieb sie stehen und schloss eine Tür auf, zog mich eine Treppe hoch und sagte: »Hier wohn ich, ich zeig dir mein Zimmer.« Eine riesige, zweigeschossige Wohnung, fünfter Stock, fünfeinhalb Zimmer, drei Balkone, eine ausgedehnte Küche.

Wie ich später erfuhr, gehörte Marta das ganze Haus, das war auch der Grund, warum sich die Nachbarn so selten beschwerten, obwohl immer Trubel bei ihr war. Jeden Abend kamen Menschen zu Marta, mal fünf, mal zehn, zu ihren Partys kamen Hunderte.

»Wohnst du bei deinen Eltern?«, fragte ich, als ich mich umsah. Ein Palast. Marta antwortete nicht, sie erzählte nur von dem Ausblick, den man von hier oben habe, von ihrem unverschämten Durst, davon, dass sie ihre Ratte füttern müsse. Ich sortierte mich in ihrem Raum, Marta klimperte in der Küche mit Eiswürfeln und Gläsern, dann donnerte von irgendwoher Musik los und Marta stand vor mir, zwei volle Gläser in der Hand: »Na Sdorowje!«, sagte sie, stieß an, trank ihr Glas aus und sah mich fest an. Ihr Kopf nickte in winzig kleinen, geschmeidigen Bewegungen zu dem dunklen Beat. Ihre Arme bewegten sich beiläufig, als würde eine Kugel über ihren Körper laufen. Ich hatte Marta gesehen und Polka hatte in meinen Ohren geklingelt, fröhliche Choräle, singende, steppende Männer mit lustigen, alten Gesichtern, Väterchen und dicke Babuschkas, Quetschkommoden und Flöten, schöne Frauen in bunten Kleidern. Stattdessen: Nackter, nüchterner Techno. Marta winkte mir mit dem Glas zu, nickte und stapfte vor mir durch ihre Zimmer, in der einen Hand die Ratte, in der anderen das Glas [Das habe ich dir nie gesagt, Marta, wie sehr ich mich vor Leberecht geekelt habe. Wie es mich angewidert hat, mit einer Ratte in einem Bett zu schlafen. Ein Tier mit Fell, in dem Parasiten und Läuse und sonstiges Ungeziefer nisten, mit einem fleischigen, nackten Schwanz, der aussieht wie Aas, wie ein fetter, toter Wurm, wie abgenagt. Wie ich jedes Mal schreien wollte, wenn er sich in der Nacht zwischen uns schob, unsere Wärme suchte, seinen Platz beanspruchte. Ich begreife das nicht, warum du dieses Tier haben musstest, Marta, das ist widerlich]. Sie setzte sich auf ihr Bett und klopfte neben sich auf der Matratze herum.

»Setz dich«, sagte sie. Ein riesiger Raum, eine riesige Matratze, Boxen, eine alte Anlage. In der einen Ecke ein Hügel von Klamotten, in der anderen ein großer Spiegel, davor eine Bananenkiste mit Kosmetik. Sonst nichts.

»Du kannst hier mit mir im Bett schlafen«, sagte sie. »Und deine Sachen kannst du da vorn ins Regal stellen.« Marta zeigte auf ein klappriges Regal zwischen den zwei riesigen Fenstern. »Was du findest, kannst du benutzen, was du essen willst, kannst du essen.«

Später lagen wir in ihrem riesigen Bett, das immer nach Schlaf roch, ungelüftet wie das Bett eines sechzehnjährigen

Jungen. Lagen uns gegenüber, an Kissenberge gelehnt. Marta trank und musterte mich. Ich war erstaunt, wie viel in sie hineinpasste, denn wenn man Marta ansah, sollte man meinen, zwei kleine Gläser Schnaps würden reichen. Aber Marta trank und trank. Sie trank, als ginge es darum, irgendetwas aufzufüllen. Sie trank wie andere schlafen, tief und fest, gegen die Müdigkeit. Marta war Alkoholikerin, nach normalen Maßstäben, aber darum ging es bei ihr längst nicht mehr. Es ist keine Entschuldigung, aber sie war gesellig und freundlich, witzig, laut und angenehm, wenn sie trank. Das Wippen ihrer Füße nach dem ersten Schluck Wodka am Morgen – zum Verlieben. Ihr unerschöpflicher Vorrat an Trinksprüchen, ihr Radius, der mit jedem Schluck wuchs, als wollte sie sich mit ihren übertriebenen Gesten in den Raum graben, Wurzeln schlagen.

An diesem Abend bin ich bei Marta eingezogen.

[Wie konnte das passieren, Marta? Dass ich bei dir landete, dass ich einfach mitging und hängen blieb, dass ich mein Leben auf Eis legte und mich in deine Welt stürzte, ich begreife es nicht. Dass ich dir aufhalf, dich mitnahm, dir Kaffee kochte und Creme gab, ja. Aber der Rest?]

Wir rauchten den ganzen Nachmittag, hängten unsere Arme aus dem Fenster, das Kinn auf die Fensterbank gelegt, glotzten in den Nachmittag, der Abend wurde und schließlich Nacht.

»Erzähl mal was, Paul«, sagte Marta. »Wo kommst du her?«

»Norden«, sagte ich, »Friesland.«

Und Marta stieß einen Ton aus, der klang, wie wenn man mit der flachen Hand auf den Mund einer leeren Flasche schlägt.

»Wirklich?«, rief sie. »Da war ich noch nie! Erzähl!«

Und ich erzählte ihr von zu Hause, von meinem Vater, unserem Hof, den Tieren. »Ein richtiger Bauernhof?«, fragte Marta, als gäbe es so etwas nur in Filmen oder uralten Büchern. Ich nickte und sie wollte wissen, was ich werden wollte und warum kein Bauer. Wie das sei, auf einem Hof zu leben, was mein Vater für ein Mensch sei, wie so jemand tickt, *ein Landwirt,* als sei das etwas Exotisches.

»Mein Vater«, sagte ich und erzählte Marta von dem alten Mann, dem Kettenraucher und Morgenmuffel, meinem einsamen Vater, der den eigenen Hof nicht mehr halten kann und darüber immer gnaddeliger wird. Martas Mund stand offen, ich sagte: »Der wird langsam tüddelig. Und wenn er was versuust hat, schiebt ers mir in die Schuhe und ist mucksch.«

»Mucksch!«, rief Marta.

»Ja.« Ich kapierte und machte weiter: »Beim Essen ganz ein Krüschei, isst nur Snirtje oder Knipp, da wirst du rammdösig, für so einen zu kochen!«

»Rammdösig!«, raunte Marta andächtig. [Wie du dich nächtelang nur auf Norddeutsch, oder was du dir darunter vorgestellt hast, mit mir unterhalten hast, Marta. Und wie schlecht du den Ton getroffen hast, wie albern und fremd das geklungen hat, wie bescheuert und honigsüß.]

»Schnurrbart«, sagte ich, »Hut, Gummistiefel. Wenn ich ihn besuche und in den Arm nehme, dann rieche ich den Hof sofort, den Mist, das Stroh, den feuchten Muff.« Ich sagte Marta, dass mein Vater mich sehr liebt, und das, obwohl ich den Hof nicht weiterführen wollte. Er liebt mich, er hat nur keine Ahnung, was man mit dem Gefühl anfängt. Ich erzählte ihr grinsend, wie laut er sein kann, wie fünsch und rumpelig mit seiner Kodderschnauze. Mal flucht er wild und wirft die Forke durch den Garten, mal redet er tagelang kein Wort

und sitzt nur in der Küche und drückt seine pfannengroß-
en Hände abwechselnd aufeinander oder löst Kreuzworträtsel oder neuerdings Sudoku. Ich erzählte Marta, wie ich als
Kind jeden Abend auf seinem Schoß gesessen und manchmal
stundenlang seine Stirn massiert habe, wie ich versuchte, die
tiefen Furchen aus seinem Gesicht zu bügeln. »Mein Vater
ist der einzige Mensch, den ich kenne, der Zehncentstücke
in seine Sorgenfalten stecken kann«, erzählte ich Marta, und
dass er sie ohne Weiteres einen ganzen Abend lang darin fest-
halten kann. Keine Ahnung, wie er auf die Idee gekommen
ist, das überhaupt zu probieren, ausgerechnet er! Mein Vater
kann keinen Witz erzählen, ist absolut kein Quatschmacher,
aber manchmal sitzt er abends da und drückt sich zwei Zehncentstücke in die Stirn. Sagt kein Wort dazu, guckt kein bisschen anders, hat einfach zwei Münzen im Gesicht. Er nennt
sie *Stirntaler.* »Dass er mich liebt, merke ich, wenn ich nach
Hause komme«, sagte ich, »er wills gar nicht zeigen, aber er
kann nicht anders.« Ich sehe ihn vor mir in der kleinen, dunklen Küche sitzen, er redet nicht, guckt nur manchmal zu mir
rüber und irgendwann kann er es nicht mehr halten, da platzt
ein kurzer, lauter Lacher aus ihm raus. Dann hält er sich den
Mund selbst zu und sieht aus dem Fenster und danach mich
an, ganz kurz.

Marta lachte nicht, Marta wieherte wie ein Pferd. Ungefähr in
der Mitte kippte es um in ein Röhren, das klang, als hätte man
ihr mit einer Kanone einen Fußball in den Bauch geschossen.
Selbst wenn man Marta wirklich mochte, ihr Lachen konnte
man nicht mögen, es klang wie etwas, das nicht aus einem
Menschen kommen sollte.

Marta sagte dazu nur: »Na und, mir doch egal!« Aber ich
wusste, dass es ihr nicht egal war, weil sie nämlich doch eitel

war, auch wenn sie es manchmal vergaß. Sie konnte es nicht ertragen, wenn es jemanden gab, der sie nicht auf irgendeine Art faszinierend fand. Deshalb erklärte sie ihr grässliches Lachen mit einer Geschichte. Sie erzählte sie gerne und ausführlich. Zum Beweis dieser Geschichte hatte sie sich von irgendwo eine uralte, abgenudelte Kassette besorgt. Typisch Marta, sie hatte sich eine wilde Geschichte daraus gestrickt: Sie sei bei Taubstummen aufgewachsen. Ihre Eltern seien Gehörlose.

Sie widerte mich an. Ihre kleinen, schnellen Bewegungen, diese lauernde Haltung, im Schlepptau der nackte, überlange geschuppte Schwanz, dunkel und kalt. Sie war überall. Das Einzige, was ich über Ratten weiß: Dass sie in Familien leben, dass man sie nicht alleine halten darf. »Marta«, sagte ich. »Hast du eigentlich nur eine Ratte?«

»Nö«, sagte Marta. »Ich hab ja noch dich.«

Sie wohnte in Martas Taschen, ihrem Pullover, ihren Kapuzen und in ihrem Zimmer. Die Ratte war überall, im Bett, unter den Kissen, sie huschte durch die Küche, wenn man aß, sie saß in den Ecken der Zimmer und wackelte mit den Ohren oder verkroch sich irgendwo, man sah sie gar nicht, hörte aber ihr Zähneknuspern.

»Ein Zentimeter!«, rief Marta. »Die wachsen einen ganzen Zentimeter pro Monat, die Schneidezähne, darum knuspern die so rum.«

Alle Möbel und Gegenstände, Bett, Tisch, Lampe oder Handy, ihr ganzes Zimmer und alles, was sie aus ihrer Handtasche hervorholte: Es war angenagt. Ich gruselte mich vor der Ratte, sie konnte Schränke, Kommoden, lackierte Stuhlbeine senkrecht hochlaufen. Und sie kam nicht, wenn ich sie rief oder irgendjemand anderes. Sie hörte nur auf Martas Stimme.

Ich weiß noch genau, wie Marta auch am zweiten Tag mit ihrem Frühstück vor mir saß, die sieben kleinen Teller mit Kuchen vor sich auf dem Tisch, ein dickes Grinsen im Gesicht.
Wie sie von jedem Stück Kuchen nur ein kleines Gäbelchen
nahm und dann alles von sich schob. Sie rauchte ununterbro-
chen und schüttete Red Bull oder Wodka oder beides zusammen in sich hinein.

»Marta!«, sagte ich. »Du musst was essen, was Richtiges!«

Sie legte den Kopf schief, langsam, wie eine Bahnschranke,
und sagte: »Paul!«

Wir haben nie wieder darüber geredet. So war sie auch, eine
Bestimmerin [aber es ging ja auch um dein Leben, Marta, na-
türlich, das ist wahr]. Sie hatte sich entschlossen zu scheitern,
und das würde sie durchsetzen. Ich musste es akzeptieren, als
Entscheidung oder als Haltung oder einfach als Ergebnis aus
Marta und wie sie mit der Welt in Berührung gekommen ist.

Marta hielt mir einen Schlüssel unter die Nase und sagte:
»Nimm. Der passt oben und unten.« Dann stand sie auf. Ich
steckte den Schlüssel in meine Hosentasche, legte mein Handy auf den Tisch neben unserem und dann gingen wir los.
Wir ließen den ganzen Kuchen zurück, die halb vollen Gläser
und Tassen, nicht der Rede wert.

Ich liebte es, mit Marta aufzustehen. Nachmittags die Gar-
dinen aufzuziehen, den Aufstehtanz zu tanzen, die Musik
so laut, dass ich jedes Mal Angst hatte, die Polizei würde die
Tür aufbrechen und die Anlage konfiszieren. Aber so schnell
rückte die Polizei nicht an. Vier Minuten Tanz und Geschrei.
Dann Stille. Und Marta stand in diesem riesigen, hellen Zimmer auf den wunderschönen alten Dielen und hielt sich die
Brust. Nackt und schwach lehnte sie gegen die Wand oder
hielt sich am Vorhang. Sie schnappte nach Luft, sie röchel-

te, versuchte zu lächeln und musste husten. Marta lachte und ihr Husten überschlug sich. Ihr roter Kopf, die Adern an den Schläfen, sie war sechsundzwanzig Jahre alt. Wenn sie ausatmete, kam ein Pfeifen aus ihrem Brustkorb und sie musste sich setzen. Sie war mager und ihre winzigen, nackten Brüste sahen aus wie Rosinen.

Dann warf sie sich ein knallgelbes Kleid über, zog grüne Stiefel an und einen Schal, den sie sich mehrmals um den Hals wickelte und der immer noch zu beiden Seiten fast auf den Boden fiel. Mit der linken Hand tippte sie auf das Bett und murmelte irgendwas. Kleine, schnelle Bewegungen unter der Decke, dann kam die Ratte unter einer Ecke hervor. Marta hielt ihr die Hand hin und Leberecht kletterte über Hand und Arm und verschwand irgendwo in ihrem Kleid, unter ihrem Schal. »Braucht extraviel Liebe«, sagte Marta zu mir, »braucht extraviel Wärme«, erzählte sie jedem, »seit der Lungenentzündung. Hat er grad erst auskuriert.«

Dann konnten wir los. Draußen auf der Straße griff Marta meine Hand.

»Paul, ich will keinen Arzt, klar?«, sagte sie.

»Klar«, sagte ich.

2. Marta weint nicht

givst me twe
will ick gehn

Marta liebte Friesland, dabei ist sie nie in Friesland gewesen. Marta war überall, jedenfalls behauptet sie das, in New York und Rio, Saudi-Arabien, Mexiko, Johannesburg. Sie war in Neuseeland, Indien, auf Grönland, im Vatikan, aber nie in Schleswig-Holstein, Niedersachsen oder Hamburg. Für Marta war ich Friesland, stellvertretend oder in Person. Sie schlief mit Friesland in einem Bett, sie schmuste und tanzte mit Friesland, sie kiffte, rauchte und trank neben Friesland. Wer also, wenn nicht Marta, kannte Friesland? Und Marta hat mich wirklich gekannt, sie hat sehr schnell begriffen.

Sie hat sich so darauf gefreut, meine Leute kennenzulernen, sie wollte in der Nordsee baden [Marta! Baden! Im Winter! Du kannst doch nicht mal schwimmen, obwohl du doch hundertprozentig in einem Haus mit Pool aufgewachsen bist!], sie wollte die Nordsee lieben, sie wollte rummelpottlaufen, saufen und feiern mit mir und mit lauter Leuten, die natürlich so sein mussten wie ich, weil sie von da kamen, wo ich zwanzig Jahre lang unbedingt wegwollte.

Es regnete. Wir saßen trotzdem draußen, der dritte oder vierte Tag mit Marta. Ich hielt einen Regenschirm, mehr über Marta und den Kuchen als über mich. Als ich nass war und nicht mehr entspannt, wollte ich, dass wir endlich aßen und dann gingen, aber Marta wackelte hin und her und grinste und lachte die vorbeihastenden Menschen aus, die nass wurden, im Gegensatz zu ihr. Ich zog einen Teller zu mir hin, aß eilig, und Marta, obwohl der Tisch wie immer voll mit Tellern war, aß mit von meinem, wie immer. Sie liebte es, von dem zu essen, was ein anderer gerade aß.

»Du kannst das bestimmt.« Marta kniff die Augen zusammen und ich wusste nicht genau, was sie meinte. »Milch machen!«, sagte sie. »Kuheuter bedienen, du bist so einer, vom Land, ihr könnt das doch alle in Friesland, oder? Das ist doch n Schulfach bei euch. Was hattest du? Ne Eins in Milch? Hast du Zeit heute, Paul? Nein, ich hab Euterprüfung!« Sie schlug sich auf den Schenkel, beugte sich vornüber und stieß lachend

Rauch aus. Sie trank Red Bull, von Zeit zu Zeit brach sie ein Stück vom Kuchen ab und steckte es sich in den Mund oder in den Ärmel. Wenn Leberecht sich die Krümel holte, quiekte Marta und grinste. Wenn Marta kaute, dann sang sie. Das machte sie immer, wenn sie aß, sie sang, leise und mit offenem Mund. Eine kleine Melodie, die ich nicht kannte, vielleicht ein russisches Kinderlied oder so.

Ich stelle mir vor, dass die kleine Marta das auch schon so gemacht hat, dass sie immer gesungen hat beim Essen. Ich stelle mir vor: Große Familienrunde, schwer gedeckter Tisch, Wodka, und mittendrin singt die pausbäckige Marta mit vier Pelmeni im offenen Mund. Als wenn das ganz natürlich zusammengehören würde, singen und essen. Wahrscheinlich war Marta schon als Kind laut und überdreht, musste herumturnen, singen, schreien, kreischen, quieken, krächzen. Ich sehe sie vor mir auf russischen Festen, ich höre die Musik, das Akkordeon, die kurzen, hellen Plingplings der Balalaika, den schweren Chor der Männer und Frauen, ich habe das alles im Ohr, diese Sprache, von der ich kein Wort verstehe, das röhrende Lachen aus offenen Mündern, und ich sehe Marta inmitten all dieser fleischigen, herzlichen, rotgesichtigen Russen, die ihre Wodkagläser ausgelassen aneinanderrammen, dass es ein Wunder ist, dass sie nicht splittern, die mit den Fingern essen und sie schmatzend ablecken, dass es ein lautes Geräusch macht bei jedem Finger, den sie aus dem Mund ziehen. Auf den bebenden Dielen sehe ich Alkoholpfützen, deren Oberfläche zittert vom russischen Sitztwist, vom Stampfen und Steppen, vom Hüpfen und Schenkelschlagen. [Ich sehe dich dort stehen, mit großen Augen, offenem Mund, staunend, lachend, dabei zu sein ist alles, ich weiß. Ich sehe dich, ich höre dich deutlich, deine Stimme, deine kleine große Stimme, schräg und anders, passend und

nicht, du bist die singende Säge auf dem russischen Wohn-
zimmervolksfest. Deine Eltern sind nicht taubstumm, Marta,
erzähl keinen Unsinn.]

Marta schlief noch. Ich weiß nicht, wie lange ich ihr dabei zugesehen habe. Wie sie dalag und zuckte, ein unregelmäßiges,
fast musikalisch wirkendes Zucken. Ich spielte ein Spiel mit
mir selbst: Ich riet, wo sie als Nächstes zucken würde, welcher
Teil von Marta. Die Lippe, das Lid, der Zeh, ihr Arm, der
Daumen. Ich riet kein einziges Mal richtig. Die Sonne schien
durch das offene Fenster, Leberecht huschte von Zeit zu Zeit
durch den Raum, jedes Mal erschrak ich. Marta schlief, nur
das Zucken und ihre rasenden Augäpfel unter den Lidern ver-
rieten, dass sie lebte, träumte, dass sie nur schlief. So lag sie
vor mir, wie das Ende einer Geschichte, deren schönste Momente ich längst verpasst hatte.

Ich stand auf und ging in die Küche. Dort stand ein Typ.
Verschlafenes Gesicht, verwuschelte Haare, sympathisches
Lächeln, ein cooler, blonder Schnurrbart. Er hantierte an der
Kaffeemaschine herum.

»Kaffee?«, fragte er.

»Was machst du hier?«, antwortete ich.

»Kaffee.« Er grinste, hielt mir einen Becher hin und sagte:
»Liviu. Wohn oben unterm Dach.«

»Hat hier eigentlich jeder nen Schlüssel?«, fragte ich.

»Nee, bin der Einzige, soweit ich weiß.«

»Bist du ihr Freund?«, fragte ich. »Martas Freund?«

»Quatsch. Ihr Hauswart, so was, Boy, Handwerker, Put-
ze.« Er lachte. »Und du?«

»Paul.«

»Was machst du hier, Paul?«

»Ich wohne hier.«

»Ah, Willkommen!«, Liviu lachte und rührte klimpernd Zucker in seinen Kaffee. »Wie lange bist du schon hier? Hab dich noch nie gesehen.«

»Woche.«

»Und warum? Ich meine: Was machst du?«

»Marta«, sagte ich und sah mir Liviu dabei genau an, seine Reaktion. Aber er nahm nur einen großen Schluck Kaffee und schaute mich über den Rand seines Bechers aus freundlichen Augen an. »Passe bisschen auf sie auf«, sagte ich.

»Fesselst sie ans Bett, oder wie?«

»Bist du ihr Ex?«

»Quatsch, nein, Mann. Ich kenn sie erst ein halbes Jahr. Da war sie auch schon so.«

»Wie?«

»Krank.«

»Ich kenn sie erst eine Woche.«

»Und, bist du ihr Freund, Paul?«

»Vielleicht.«

Er legte den Kopf schief, grinste und nickte dann anerkennend. »Okay. Respekt.«

Sein freundliches Gesicht, auf das ich plötzlich einschlagen wollte [Ich, Marta! Der ich mich schon auf dem Schulhof aus jeder Rangelei rausgehalten habe, der nie, nie aggressiv ist, wütend vielleicht, aber nie gewalttätig, Pazifist aus Feigheit.] Wie er über Marta redete, als müsse man sich vor ihr hüten, als sei sie ansteckend [Eine Frage, die noch nicht geklärt ist übrigens, Marta. Ob du ansteckend warst.]

»Ich müsste so lange Haare haben, bis zum Arsch«, sagte Marta, »ich hab mir noch nie die Haare geschnitten, also nur hier vorn, die Stirn, weißt du, der Rest wird einfach nicht länger.«

»Weil du sie abkaust, Marta.«

»Kann schon sein«, sie nickte. »Und ich wette, ich hätte mindestens 85 B, meine Mutter hat so richtige Titten.« Sie malt sie mit den Händen vor ihrer eigenen abwesenden Brust in die Luft.

Marta war ein Whirlpool, blubbernd, sprudelnd, warm.

»Du wärst ne tolle Mutter, Marta«, sagte ich.

»Ja, jetzt wollen wir mal nicht kitschig werden, mein Kleiner.«

»Du hättest Sommersprossen, Marta, im ganzen Gesicht«, ich streichelte ihr vorsichtig mit der Spitze des Zeigefingers über Nase und Unterlider, »sogar hier, wo die Haut am ganzen Körper am allerdünnsten ist.«

»Ich hätte bestimmt ne wunderbare Haut, ganz glatt und weich und braun. Ich bin ja eigentlich ein extrem sportlicher Typ, Paul.«

[Warst du vielleicht ein Kinderstar, Marta? Eine fünfjährige Weltpianistin, ein Tanzwunder, ein Schauspielstar? Oder ein Schachgenie, ein Computerfreak? Vielleicht hattest du schon alles erreicht, bevor es überhaupt erst losgegangen ist.]

Marta war vor mir wach, das war ungewöhnlich. Als ich die Augen aufmachte, sah sie mich an, wer weiß, wie lange schon. »So, heute bist du fällig, Paul«, sagte sie und ich wusste sofort, was gemeint war. Ich hatte gewusst, dass es kommen würde und ich wusste, dass ich mitmachen würde, schon um nicht so ein Schweinehund wie Liviu zu sein.

Marta machte eine Kerze, streifte die Unterhose über ihren winzigen Hintern und die Beine. Ich hätte sie gerne schön gefunden, sie wirklich gewollt. Auch ich zog mich aus und Marta verschwand unter der Bettdecke. Ich drehte mich auf den Rücken und wartete ab. Sie drängte sich zwischen meine Beine, ich lag nur und glotzte an die Decke. Marta küsste meine Knie, meine Schenkel, meine Eier, ein kühles, kitzeliges Lecken. Dann fasste sie zu, ihre Hände waren rau, aber warm. Ich sah nur an die Decke und dachte darüber nach, wo Leberecht in diesem Moment war. Nach ein paar Minuten tauchte Marta auf und sagte: »Jetzt du!«, und wir wechselten die Position. Marta stellte ihre Beine gespreizt und angewinkelt vor mir auf. Ich hielt die Luft an, während ich sie leckte. Marta kaute russisch klingende Worte in ihrem Mund und hatte einen übertrieben dämonischen Blick. Keine Ahnung, was sie da redete, es klang, als würde sie mich beschimpfen oder Befehle grunzen. Marta war sehr feucht, meine Nase, meine Wangen, mein Kinn waren nass, ich atmete nur durch den Mund und suchte nach einem Gedanken. Ich sah nur ihren kranken Mädchenkörper, ihre Brüste, die aussahen wie bei einem alten Mann, klein, schlaff und leer. Marta griff in meine Haare und zog meinen Kopf zu sich hoch, drückte sich an mich. Sie fasste zwischen meine Beine, knetete und brummte, ich war natürlich nicht hart.

»Komm schon, Friese!«, schnurrte sie. »Ich melk dich!«

»Nee, Marta, echt nicht. So nicht.«

Sie drückte nur fester zu, biss die Zähne aufeinander, ich sah ihre angestrengte Stirn. Für einen Moment war sie still, aber dann fing sie wieder an zu grummeln. Sie redete von Zuchtbullen, Besamern, einigermaßen leise, von Knechten und Mägden. Und ich wusste nicht, ob sie wirklich vorhatte, auf diese Weise Sex zu haben. Ich sah sie nicht an, ich versuchte mir irgendwas vorzustellen, das mich anmachte. Wenn ich Marta sah, dann sah ich ihre Krankheit. Wenn sie mich küsste, dachte ich an die eitrigen Klumpen hinten in ihrem Hals. Ich musste mich zwingen, nicht ihren Atem zu riechen, nicht die Flecken auf ihrer Haut zu zählen, Marta als Frau zu sehen, nicht als Körper, der stirbt. Marta stöhnte, ich versuchte mich zu konzentrieren, und als sie allen Ernstes anfing, leise, dann immer lauter zu muhen, hielt ich ihr den Mund zu. Und es war, als hätte sie genau das gewollt, sie wand sich, gluckste, biss zart in meine Hand. »Jetzt fick mich«, flüsterte Marta durch meine Finger hindurch.

Ich hatte Angst, in sie einzudringen. Ich holte ein Kondom aus meiner Tasche, setzte mich an die Wand gelehnt auf das Bett und streifte es über [schnell, hastig, bevor du etwas sagen konntest, Marta, und du hast nichts gesagt, vielleicht hast du es gar nicht gesehen], dann zog ich sie auf mich, drückte meinen Kopf gegen ihre Brust und schloss die Augen. Marta bewegte sich entschlossen auf und ab, sie war federleicht. Ihr lautes Rasseln, das Pfeifen ihrer Brust in meinem Ohr. Ich weiß noch, wie sie dann immer langsamer wurde, ihre Bewegungen immer kleiner, wie sie plötzlich aus meinem Arm glitt und einfach hinten über auf die Matratze klappte. Marta lag und sah zur Decke, sie atmete nicht. Ich schüttelte sie und sie schlug ihre verdrehten Augen auf, saugte Luft ein.

Ich legte meine Hand auf ihren Bauch. »Du musst zur Hand atmen«, sagte ich und zog die Decke über Marta, »tief, hierhin!« Und es dauerte, aber ich spürte, wie viel Mühe sie sich gab. Ganz langsam wurde ihr kalter Körper wärmer, löste sich die Spannung, wurde ihr Atem gleichmäßiger. Und kaum, dass sie wieder etwas Kraft hatte, fing sie an zu fluchen. Sie war wütend, auf sich, auf ihren Körper. Ich beugte mich über sie und kaute vorsichtig an ihrem Ohr. Ich sagte, dass genau das mein Plan gewesen sei, dass ich gewusst hätte, dass sie irgendwann nicht mehr können würde, wehrlos und ausgeliefert wäre. Dass sie jetzt mir gehört, schwach und stumm, dass jetzt mein Wille zählt, dass ich sie ficken kann, wie ich will. Marta war auf einen Schlag still und lag da, auf der Seite, erschöpft, und hob nur ihr eines Bein ein wenig an. Ich fasste sie um ihren dünnen Hals und drückte zu, wann immer sie einen Ton von sich gab, aber sie war die meiste Zeit still. Ich fickte sie leise, wortlos, langsam. Ich hob ihre Hüfte an, den Hals drückte ich weiter auf das Bett, meine Augen geschlossen. Ich stellte mir Marta vor, wie sie aussehen würde, wenn sie nicht krank wäre. Wenn sie nie Drogen genommen hätte, nicht zu viel Geld, zu viele Möglichkeiten gehabt hätte. Marta als Frau mit leuchtenden Augen, bunten Sachen, einem großen, festen Lachen. Marta, pausbäckig und Obst essend. Zärtlich, sinnlich, leicht zu erregen. So ging es, nicht lange, aber es ging.

Marta brabbelte den Taxifahrer voll, dass mir schwindelig wurde. Ich hatte Kopfschmerzen vom Alkohol, von zu lauter Musik, einer langen, langen Nacht. Meine Beine taten weh. Ich glotzte aus dem Fenster, draußen kroch der Morgen aus den Ritzen und Marta flötete in einer unangemessenen Lautstärke und Geschwindigkeit von irgendwelchen seltenen Heilkräutern, die nur auf den Deichen Schleswig-Holsteins zu finden seien. Sie redete vom Geruch der Pflanzen, des Wetters, der Küste, vom Deich und dem Wind, als wäre sie schon tausend Mal dort gewesen. Dermaßen überzeugt und überzeugend, dass ich diese absurde Landschaft, die Marta mit geometrischen Handbewegungen vor uns in die Luft pinselte, plötzlich vor mir sah.

Der Taxifahrer nickte und lachte. Mir war schlecht.

»Marta«, sagte ich, »Schleswig-Holstein ist nicht Disneyland!« Ich wollte, dass sie die Klappe hält.

»Wetten, doch?«, antwortete sie und redete weiter in Richtung des Taxifahrers: »Wissen Sie, wie meine Großmutter aus

Friesland das männliche Glied nennt?« Der Fahrer stutzte, schüttelte den Kopf und grinste. »Pumppesel!«, sagte Marta, »oder Bummsküül oder Swengel. Eigentlich meistens Swengel. Zu meinem fünfzehnten Geburtstag hat sie mir ne Packung Kondome geschenkt und meinte: Immer schön an die Swengeltüüt denken, nech?«

Keine Ahnung, wo Marta diese Geschichte nun wieder herhatte, von mir jedenfalls nicht.

»Du weißt Bescheid, Marta«, sagte ich, beugte mich vor und streckte meinen Arm durch die Ritze zwischen Sitz und Beifahrertür, und Marta nahm meine Hand und zwickte mit ihren dünnen Fingern daran herum.

»Ich hasse das Ende!«, sagte Marta. Wir waren die letzten Gäste einer Party, die ausnahmsweise nicht bei Marta stattfand, und sie wischte ein paar leere Flaschen von dem kleinen Tisch, der vor uns stand und schraubte eine neue Flasche Wodka auf. »Ich hasse leere Flaschen, ich hasse, wenns vorbei ist. Wo gehen die alle hin? Ich hasse, dass alle immer irgendwohin müssen.« Und in diesem Moment überkam es mich zum ersten Mal, ich sah es plötzlich vor mir, wie einen Film: Wie ich Marta schnappen und in meinen kleinen, alten Wagen zerren würde. Sie, die sich kaum wehren könnte, schwach inzwischen, wirklich schwach. Marta hätte gezetert und geschrien, aber ich wäre natürlich stärker gewesen als sie. Ich sah mich, wie ich sie einfach entführte, sie mit Gewalt aus diesem absurden Leben riss und irgendwohin verschleppte, wo sie sich erholen konnte [klare Grenzen bei uns, Marta, ein Schuppen, ein Stall, ein uralter, roter Trecker, ein Deich. Alles flach und viel, viel mehr Himmel. *Kannst heute sehn, wer morgen zu Besuch kommt,* Marta. Wir könnten uns die Knie aufschürfen, in meinem Baumhaus hinter dem Erdkeller das Moos von den alten Brettern pulen, das Dach ausbessern und die Strickleiter einholen, nur Rohmilch, nur Pumpernickel und Meerluft für dich, Marta. Keiner, der uns stören wird, mein Vater humpelt durch den Stall und flucht im Garten, keine Gäste, nichts, nur wir und ein Berg alter Decken.]

Ich hatte Marta die Sache mit dem Rummelpottlaufen erzählt und ab diesem Zeitpunkt war für sie klar, dass sie nach Friesland passen würde.

»Nee«, sagte ich, da kannte ich sie erst ein paar Tage und es war das einzige Mal, dass ich ihr wirklich widersprach. Ich sagte: »Nee, ganz anders, bei uns wird nicht groß geredet, da wird geschüttet!«

»Eben!« Marta ließ sich nichts ausreden, nie.

»Bei uns heißt das nicht *Na Sdorowje* oder *Prost,* sondern: *Nich lang schnacken, Koppinnacken.*«

»Eben!«

»Eben? Nicht lang schnacken, Marta?«

»Ja! So bin ich auch«, sagte Marta, »ganz genau so! Weißt du, was nämlich mein Motto ist?« Ich schüttelte den Kopf und musste lachen. Sie baute sich vor mir auf und sah mich ernst an, dann atmete sie einmal tief ein und legte los. Sie winkelte ihre Arme an, ballte die Hände zu Fäusten, mit denen sie vor der Brust in kleinen Kreisen hin und her wackelte. Sie schüttelte den Kopf und tippte mit dem Zeigefinger unter ihr Kinn. Dann guckte sie mich mit großen Augen an. »Na, was heißt das?«

»Kein Plan.«

»Machen, nicht reden«, sagte Marta, »hab ich von meiner Mutter. Gebärdensprache!«

Ich musste wieder lachen und Marta lachte auch. Und für einen ganz kurzen Moment überlegte ich, ob ich sie bitten sollte, es noch mal aufzuführen, weil ich die Vermutung hatte, dass sie einfach irgendwie mit den Armen in der Luft gerührt hatte. Aber ich habe es natürlich nicht gemacht.

Morgens redete Marta wenig, morgens tanzte sie, rauchte und schwieg. Erst nach ihren sieben Kuchen fing sie an zu sprechen, dann steigerte sie sich den Tag über, bis sie abends im Bett lag und vor sich hinerzählte. Sie plante unsere Reise. Martas Frieslandplänegesäusel, damit bin ich Nacht für Nacht eingeschlafen, vier Wochen lang.

Sie flüsterte kitzelig in meine Ohren, wie wir Weihnachten vor der kleinen Tanne meiner Eltern auf dem Bauch liegen würden, Negerkusswettessen und Pflaumenschnaps. Marta flüsterte, dass meine Eltern tolle Tänzer seien und beide vier Instrumente spielen und zwar leider nicht so gut singen könnten, es dafür aber umso lauter täten. [Marta, wenn du wüsstest! Nur und zum Beispiel, dass meine Mutter längst tot ist.] Wir würden Ski laufen im friesischen Hochgebirge, flüsterte sie, und auf Schneehütten sitzen und Grog trinken und ständig kämen laute, lachende Menschen zur Tür herein und wollten singen, saufen und dann weiterziehen. »So ist das in Friesland«, flüsterte Marta in mein Ohr und ich hätte heulen können, wie sie das sagte.

Der Club, vor dem wir standen, ein Marta-Club. Sie kannte jeden und alle kannten sie. Ein Rudel Türsteher stand mit kleinen Gesichtern Kaugummi kauend vor der Tür. Als sie Marta sahen, nickten sie alle im selben Takt und hielten uns die Tür auf. Die Typen musterten mich seltsam, aber voller Respekt. Drinnen ein Pool, drei Tanzflächen, rappelvoll. Schlichter Techno, fast schäbig. Wir stiegen eine gläserne Treppe hoch, der VIP-Bereich. Die Männer mit Glatzen und

Schweinenacken vor dem oberen Eingang lächelten freundlich, als Marta erschien, sie hielten uns die Tür auf. Marta kaufte eine beschlagene Flasche Wodka für zweihundertfünfzig Euro, wir setzten uns. Die Leute hier oben wie Insekten, ein abgestorbenes Lächeln im Gesicht, brutal, wie eine letzte Warnung. Marta schenkte aus, sie lachte und schrie und winkte die Leute herbei. Ein Dutzend Arme, die kleine, weißgekühlte Gläser in das Stroboskoplicht stemmten, Martas raues Fiepen aus ihrem dünnen Hals: »Auf die Kinder unserer Eltern!« Lachen, Plingpling, Schluck. Wir waren umringt von Menschen, alle fassten sich an, strichen sich mit den Händen zu schnell durch das Gesicht, Küsschen, Küsschen, ich kannte keinen. Marta schrie: »Trinksportverein Friesland!« Sie zwinkerte mir zu. »Ihr seid alle eingeladen!« Marta lächelte den Typen an, der sie plötzlich fest im Arm hielt, fuhr ihm mit der Hand durchs Haar und fragte ihn, wie er heiße.

»Burhan«, sagte der Typ und küsste Marta einfach auf die Wange oder auf ihr Ohr.

»Du musst zu meiner Party kommen, unbedingt!«, brüllte Marta. »Nächste Woche. Riesenorgie!« Sie lachten und umarmten sich. Marta kritzelte Burhan ihre Adresse auf einen Bierdeckel.

Ich saß auf einem Ledersofa neben der Tanzfläche, Marta war irgendwo, ich hatte sie aus den Augen verloren. Der Bass trommelte leer in mir, wummerte durch mich hindurch, stärker als jedes Gefühl. Ich überlegte, was ich machen sollte, wenn ich Marta nicht mehr wiederfand. Dann fasste sie mir plötzlich von hinten in den Nacken und schrie in mein Ohr: »Ich will, dass du mich fickst, Paul. Dass du mich richtig versaut durchfickst.«

»Aha.«

»Jetzt.«

»Jetzt?«

»Hier, auf dem Klo. Fleisch, Paul, nur Fleisch, weißt du.«

»Marta.«

»Los, komm.«

Sie nahm meine Hand und zog mich durch die zuckenden Menschen, durch das Stroboskoplicht in den nach Zitronenreiniger stinkenden, kaltweiß gekachelten Neonraum, sie drückte mich in eine der Toilettenkabinen und stürzte sich auf mich, legte den Arm um mich und leckte meinen Hals, hatte die Hand schon in meiner Hose, biss in mein Ohr. Aber dann, plötzlich, hielt sie inne und sah mich an. Ich hatte ihren Atem auf den Lippen, ich hielt ihre kleinen Handgelenke sehr fest. Und dann küsste ich sie einfach. Das war alles, wir standen, fünf Minuten vielleicht, und küssten uns, küssten nur. Nicht versaut, nicht wild, sondern so, als wären wir verliebt, wie damals zum ersten Mal im Café, nur sicherer. [Vielleicht war das überhaupt der schönste aller Küsse mit dir, Marta, ausgerechnet hier, die Kacheln, das helle Licht, die hochgeklappte Klobrille, der Zitronenreiniger, die schlagenden Türen, die Stimmen, dieser schlimme Abend und deine rauen Lippen. Es war schön, Marta, wirklich schön.]

Ich konnte sie überzeugen zu gehen, ein seltener Sieg. Aber Marta war schwach inzwischen, sie konnte gar nicht mehr feiern. Wir waren nur kurz in ihrem Club gewesen, aber ihre Stimme war schon dünn, Marta lehnte gegen die Wand und lächelte müde.

»Das war gar nicht richtig«, sagte sie, als wir unsere Jacken holten. Wir stapften durch die dunkle Straße, ich hatte Marta im Arm, eine traurige Marta. »Weißt du, was am Feiern geil ist?«, fragte sie. »Verloren gehen! Es ist drei Uhr in der Nacht und plötzlich ist es acht Uhr morgens, es ist hell, du tanzt, dann ist Nachmittag, es wird wieder dunkel, dann wird es hell und wieder dunkel und das ist alles gar nicht mehr wichtig. Es geht nur darum, ob es dir gut geht oder nicht. Und alles geht immer so schnell, ich frag mich jedes Mal: Was? Schon wieder vorbei? Hat doch gerade erst angefangen.«

3. Marta verschwindet

givst me dre
wünsch ich Glück
dat de Köksch n Brütigam kriegt

Als ich aufwachte, war Marta weg. Ich stand auf, lief durch ihre riesige Wohnung, durch jedes der verlassenen Zimmer, aber sie war nicht da. Vielleicht wollte sie mich überraschen, vielleicht war sie bei Liviu. Ich machte Kaffee und ging mit zwei Bechern hoch auf den Dachboden. Ich klopfte. Liviu lag im Bett und las. Ich hielt ihm den Becher hin, er grinste und trank.

»Marta gesehen?«, fragte ich.

»Heute nicht, nee«, sagte er und ich wollte direkt wieder runtergehen. Liviu fragte: »Ist sie weg?«

Ich nickte und versuchte seinen Gesichtsausdruck zu lesen.

»Wie lange wohnst du eigentlich schon hier?«

Liviu zuckte die Schultern. »Halbes Jahr? Hab Marta ungefähr vor nem halben Jahr kennengelernt.« Er nahm sich Tabak und drehte sich eine.

»Warum wohnst du hier?«, fragte ich.

»Hab keine Aufenthaltsgenehmigung mehr, müsste zurück.«

Ich nickte. Er machte seine Zigarette an.

»Überlege, was ich dann mache. Was machst du, Paul?«

»Wann: Dann?«

»Na ... dann.«

»Du wartest nur, oder was?«

Liviu zuckte die Schultern, zog tief ein und atmete langsam aus. Sein Kopf fiel ein bisschen hin und her, dann trank er einen Schluck Kaffee.

»Was machst du, Paul?«

»Bin Student.«

»Hier, meine ich. Wartest du nicht?«

Wahrscheinlich hatte er recht. Ich wartete. Aber ich schüttelte den Kopf, vorsichtig, dann bestimmt. »Nein. Ich bin mit ihr zusammen.«

»Okay«, sagte Liviu und nickte, »das ist besser als Warten. Auf jeden Fall. Warten ist beschissen.«

Er hielt mir die Zigarette hin, ich schüttelte den Kopf.

»Mach dir keine Sorgen«, sagte er, »kommt wieder, kommt immer wieder. Manchmal ist sie weg, dann ist sie wieder da.«

Es machte mich verrückt. Ich hatte nichts zu tun. Ich putzte ihre Küche. Marta war einfach weg, ließ mich sitzen und warten, dabei hatte ich alles stehen und liegen gelassen für sie.

Ich hätte nach Hause fahren können, die Post sortieren, lesen, die Blumen gießen, den Abwasch machen, mich wieder in mein eigentliches Leben sortieren. Aber ich hätte mich gar nicht getraut, meine Wohnung zu betreten, zurückzugehen. Ich wollte nicht den Anrufbeantworter abhören, die Zeitungen zum Altpapier bringen, ich wollte nicht wissen, wer was von mir wollte. Ich wollte nicht an meine Arbeit denken. Ich wollte nichts mehr an mir zerren lassen, nur Marta. Keine Pflichten, nur Marta. Ich wischte alle Böden, ich putzte sogar die Fenster. Ich hörte Musik und lief hin und her, wie dumm. Ich konnte nicht vor die Tür gehen, ich schaffte es nicht, mir die Schuhe anzuziehen, eine Jacke, und wenigstens einen Kaffee trinken zu gehen. Ich versuchte, in ihrem Bett zu schlafen, wälzte mich aber nur hin und her. Ich öffnete ein Fenster und hielt den Kopf raus. Ausblick halten, Nase lüften. Marta war nicht in Sicht. Es wurde dunkel.

Ich weiß nicht, wie oft ich an diesem Abend zur Tür gehen musste. Marta war nicht da und Liviu, der sich normalerweise um die Leute kümmerte, die jeden Abend aufkreuzten, kam ganz selbstverständlich auch nicht runter. Immer und immer wieder zog ich genervt die Tür auf und sagte in die fröhlichen Gesichter, die verschwommenen Augen der zugedröhnten, aufgebrezelten Gestalten, dass Marta nicht da war, dass heute geschlossen war, und schmiss die Tür wieder ins Schloss. Ohne Marta hing mir diese Welt schon nach einem halben Tag dermaßen zum Hals raus.

Dann hörte ich, wie jemand viel zu lange im Schloss der Wohnungstür herumstocherte. Die Tür ging auf und es war Marta, plötzlich war sie wieder da, es war Nacht inzwischen. Sie schleppte sich an mir vorbei in ihr Zimmer, sagte kein Wort, fiel ins Bett. Sie lag und ihr Atem pfiff, ein winziges Fiepen aus ihrer blauen Brust, wie die Ultraschallsprache ihrer Ratte, vielleicht redeten die beiden miteinander.

»Wo warst du?«, fragte ich, aber Marta antwortete nicht. »Ich hab gewartet, die ganze Zeit. Hab mir Sorgen gemacht. Marta!« Aber sie reagierte nicht, sie tat gar nichts. Ich setzte mich zu ihr, sah sie an. Ein Wunder, dass sie überhaupt hier angekommen war, sie war betrunken oder high, auf jeden Fall zu Tode erschöpft. Alles, was ich ihr wütend an den Kopf werfen wollte, war verschwunden. Ich wollte nur noch ihren Kopf auf meinen Schoß nehmen, sie streicheln, ihr Tee kochen. Marta stöhnte nur leise, verdrehte die Augen, wand mühsam den Kopf, und dann kotzte sie auf meinen Schoß. Einen kleinen, beißend riechenden Schwall, der flüssig aus ihrem Mund lief, den Rest hustete sie mühsam aus sich heraus. Sie sagte »Auau« und ich wollte ihr helfen, aber da war nichts zu tun, nichts, was hätte helfen könnte. Nur warten. Husten, Pfeifen, Auau, das waren Martas Geräusche für vielleicht eine Stunde, ich saß nur da und war verzweifelt. [Ich hätte einen Arzt rufen müssen, Marta, ich verstehe nicht, wieso ich auf dich gehört habe, das wäre meine Pflicht gewesen.] Ich deckte sie zu, ich kühlte ihre Stirn, ich streichelte sie, hielt ihren Kopf und ich war nicht einmal sicher, ob sie mich nicht hätte wegstoßen wollen, wenn sie die Kraft dazu gehabt hätte. »Das wäre nicht passiert«, sagte ich, »wenn du mich mitgenommen hättest, das weißt du. Dafür bin ich doch bei dir.«

Marta spuckte geräuschlos Blut auf ihr Bett.

[Es macht mich rasend, dass ich es nicht herausgefunden habe, Marta: Wie du aussiehst, wenn du weinst. Ich weiß nichts von dir, hast du nie geweint, Marta?]

Ein paar Tage später, vor dem Fenster ein dunkelblauer Himmel, drinnen langsame Bewegungen, Zigarettenrauch und Marta mit sanftem Blick. Ein selten ruhiger Abend mit ihr. Draußen, ich meine im Rest von Martas Wohnung, trudelten langsam die Leute ein, Liviu machte die Tür, wir kümmerten uns um nichts. Die Wohnung begann sich mit Leben zu füllen, Marta und ich aber saßen in ihrem Zimmer wie auf einer Insel. Sie hatte abgeschlossen, Musik aufgelegt, Kerzen angezündet. Wir hockten auf Kissen in der Mitte des Raums, Marta hatte Landkarten ausgebreitet. »Wir müssen einen Wagen mieten!«, sagte sie und klickerte aufgeregt mit einem Kugelschreiber in der Luft herum. Leberecht huschte über die Karte, Marta malte eine Strecke auf das Papier. Sie wollte von Emden an der Küste entlang und auf jede Insel mit zwei O, bis nach Cuxhaven, von dort mit der Fähre rüber nach Nordfriesland, Strände suchen. »Wir müssen weiße Strände finden, weißen Sand, da liegen wir in der Sonne und lassen uns braten«, sagte Marta und ich nickte. »Wir fahren da runter und dann tingeln wir von Dorf zu Dorf, von Hof zu Hof. Was meinst du, Paul, vielleicht können wir auf den Höfen arbeiten? Arbeiten und schlafen und essen. So richtig mit Heu und Kühen und Mist und Schweinen und Schwalben?« Ich nickte. Marta und Arbeit. »Wir lassen Drachen steigen und rauchen nicht eine einzige Zigarette in Friesland. Wir müssen Labskaus essen!«

»Bah!«, machte ich. »Nein, das müssen wir nicht!«

Marta lachte.

»Oh doch, und Fischbrötchen jeden Morgen. Wir werden gesund leben. Nackt baden. Und Krabben pulen!«

Marta notierte auf kleinen Zetteln: *Hochseeangeln, Robbenjagd, Eisfischen, Schlittschuhlaufen.*

»Klar«, sagte ich.

»Was noch?«, fragte sie. »Erzähl mir mehr von deinen Eltern.«

Ich überlegte und starrte auf meine Füße. Dann lehnte ich mich vor und nahm aus einem Blumentopf eine Handvoll Erde, die ich Marta unter ihre Nase hielt. »Riech mal«, sagte ich und sie roch und sah mich fragend an. »Wie riecht das?« Marta zuckte die Schultern.

»Wie Erde«, sagte sie und ich roch an der Erde und schüttelte den Kopf.

»Scheiße riecht das«, sagte ich. «Nicht wie richtige Erde. Friesische Erde, das ist Erde. Die kann man essen«, sagte ich und Marta sah mich mit großen Augen an. »Wirklich«, sagte ich, »diese schwarze, leichte Erde, locker, tieftiefschwarz – die kann man essen. Nicht zu viel, ein, zwei Hände am Tag. Reinigt den Körper, schmeckt wie ...« Ich sah Marta an, die vor mir stand wie eine Vierjährige im Streichelzoo, ich konnte ihr alles erzählen, »... wie Kartoffeln, nein, wie Möhren oder wie beides zusammen, frisch gekocht, mit ein bisschen Salz und Sauermilch.«

Marta verzog keine Miene, notierte: *Erde essen.* Sie glaubte alles, wenn ich nur *Friesland* dazu sagte. »Kennst du Moor?«, fragte ich sie und sie schüttelte den Kopf.

»Moor«, sagte ich, »Moor, Marta! Unser Hof steht im Sietland, keinen Kilometer hinter dem Hof fängt das Moor an. Weißt du nicht, wie sich das anfühlt, Marta? Moor ist so ein merkwürdiger Boden, eigentlich kein Boden, kein echter. Wasser und Pflanzen, Bäume, Birken, Sträucher, kein echter Grund, verstehst du? Kein Stein und kein Sandkorn.«

»Nein!«, sagte Marta, laut und inbrünstig. Es sollte heißen: Erzähl mehr.

»Vielleicht weil das Mineralische fehlt. Die Struktur, das, was Strahlung reflektiert. Im Moor gibt es Seen, unberührte, stille Seen, mit Schwimmrasen, also Rasen, der auf Schlamm wächst, eine dünne, grüne Decke, die nicht trägt. Moor ist gefährlich, Marta. Als Kind hatte ich immer Angst. Früher haben sie da die Toten versenkt, Verbrecher und Mörder, kann man heute noch im Museum sehen, Moorleichen, bestens konserviert. Aber heute mag ich das Moor, schon diesen Duft, das kann man richtig vermissen, es riecht da so – süßlich!«

»Das muss ich sehen!«, sagte Marta und ich nickte. Marta notierte: *Moor, Schwimmrasen, süßer Duft.* »Das hätte ich nicht gedacht!«, sagte sie.

»Du hast auch keine Ahnung, Marta.«

Partytag. Marta telefonierte den ganzen Morgen, tapste durch die Wohnung, drückte sich ihr Telefon ans Ohr und lachte. Sie bestellte Unmengen von Getränken und Essen. Sie orderte einen DJ, lud Bekannte und deren Bekannte ein und sagte allen, sie sollten mitbringen, wen sie mitbringen wollten. Schließlich setzte sie sich mir gegenüber, vollkommen erschöpft, und rauchte. Zwischen den Zügen erklärte sie mir, ich müsse etwas für sie erledigen. Sie gab mir einen Umschlag mit Geld darin, ich habe es nicht gezählt, aber es war mit Sicherheit mehr, als ich jemals in der Hand gehalten hatte. Ich sollte zu ihrem Dealer fahren und einkaufen, was für diese Party benötigt wurde. »Alles schon geregelt, du fährst einfach hin und holst den Kram ab.« Ich nickte und machte mich auf den Weg.

Marta hatte alles geplant, unten wartete ein Taxi auf mich, das sofort losfuhr. Ich glotzte nur aus dem Fenster, irgendwann hielt das Taxi an und ein Polohemd-Typ stieg ein und drückte mir eine Tupperbox in die Hand. Ich gab ihm den Umschlag. Auf dem Rückweg versuchte ich, nicht nachzudenken. Ich spielte ein Spiel aus meiner Kindheit, stellte mir einen Gefährten vor, ein schwereloses zweites Ich, das neben dem Auto herläuft und über alle Hindernisse hinwegspringen muss. Eine Baustelle, eine Telefonzelle, Werbetafeln, ein paar Autos. Es klappte, wenigstens für einen Moment.

Ich hätte alles vernichten sollen, wegschmeißen, in einem Gully versenken. Es würde Marta das letzte bisschen Kraft rauben, sie würde eine solche Party nicht überstehen. Aber ich wusste, ich würde es nicht tun. Marta hatte sich entschieden.

Ich habe einfach nichts aus ihr herausbekommen. Wann und warum sie hierhergekommen ist und wo sie vorher war, ob sie studiert hat, Geschwister hat, woher das ganze Geld kommt. Russland, hat sie mal gesagt. Warum nicht Russland. Und manchmal erzählte sie eben diese Geschichte über ihre taubstummen Eltern, aber das war erfunden, da bin ich sicher, schon deshalb, weil ihre Eltern jedes Mal anders hießen und woanders wohnten. Aber sie hatte diese Kassette mit den komischen Geräuschen darauf. Erst Stille, dann Geklimper, röchelnde Laute, Japsen, Lachen, das wegsickert oder aufgurgelt, in ein Fiepen umklappt oder zu einem rhythmischen Grunzen wird. Das seien ihre Eltern, behauptete Marta, so hätten sie sich unterhalten, so habe ihre Kindheit geklungen, ob man sich das vorstellen könne. Und dann sah sie einen an, suchte nach Reaktionen. Ich habe ihr kein Wort geglaubt. Ich glaube eher, dass Marta in irgendeiner Superreichenfamilie aufgewachsen ist. Russischer Adel vielleicht oder Großindustrie oder Mafia, weiß der Teufel. Pipelines, Pelzfabriken. Villen, Autos, Kaviar. Ob Marta auf einer Schule gewesen ist? Ob sie Privatlehrer hatte oder auf einem Internat war, als reiche Waise? Vielleicht sind ihre Eltern Diplomaten. Oder Spione, irgendwo müssen sie ja stecken, die Kinder solcher Menschen.

Marta konnte jeden bezirzen mit ihrem Grinsen, ihren Augen und ihrer Art, einem das Gefühl zu geben, dass man auf Anhieb dazugehört. Zu ihr dazugehört [und automatisch akzeptiert, dass du der Mittelpunkt bist, Marta]. Sie hat sich das angeeignet, denke ich manchmal, weil sie es gebraucht hat.

Auf der Fensterbank vibrieren die Flaschen vom Beat, vom Krachen der Boxen. Es ist nur eine Frage der Zeit, bis sie runterfallen. Es ist mir egal, weil es allen hier egal ist. Marta sitzt im Flur auf dem Boden unter einer kleinen Lampe. Ich sehe ihr zu, wie sie kifft, zähle die Sekunden, wie lange sie den

Rauch in ihrer Lunge hält. Marta kifft selten, das ist nicht ihre Droge, aber neben ihr sitzt Burhan, der schon seinen vierten Joint dreht, ich zähle alles mit heute Nacht. Die Wohnungstür neben ihnen geht auf und zu, vierzehn Mal, dann bleibt sie einfach offen stehen. Die Leute drängen sich im Flur, auch Martas Wohnzimmer ist schon voller Menschen. Sie sind alle vom Regen durchnässt, ziehen sich aus, werfen ihre nassen Jacken und Mäntel auf einen Haufen im Flur. Die Party läuft, die Leute tanzen und schreien sich kurze Sätze ins Gesicht, sie dampfen, die Fenster beschlagen. Ich sitze dazwischen und frage mich, was ich hier zu suchen habe. Wie lange wohnt Marta hier schon, wer hat hier schon alles mit ihr gewohnt, der Wievielte bin ich?

Ich gehe in die Küche, vielleicht der Raum, der am wenigsten zu Marta passt. Sauber und modern, ein riesiger, silberner Kühlschrank, Edelholz, Cerankochfelder. Tiviu putzt hier manchmal, er saugt Staub und wischt den Boden, ich möchte nicht wissen, wie es ohne ihn aussehen würde. Zwei Typen in Unterhemden stehen vor dem Herd, prosten sich zu, sie braten sich dicke Scheiben Filet in einer riesigen Pfanne, als würde man das eben so machen auf einer Party in einer fremden Küche. Ich hole mir Wodka und saure Gurken aus dem Kühlschrank, werfe die Tür zu. Ich höre die beiden lachen, der Kleinere klopft dem Größeren auf die Schulter, dann sagt er: »Was ist der Unterschied zwischen Marta und dem Kühlschrank?«

Ich drehe mich zu ihnen um.

»Keine Ahnung«, sagt der Große.

»Der Kühlschank quatscht nicht, wenn man die Gurke rauszieht.«

Ich mache zwei Schritte, da ist nichts in meinem Kopf, ich hole nur aus, schlage diesem Typen ohne ein Zögern fest und trocken mit der Faust ins Gesicht, mitten rein in sein Grinsen. [Marta, dass das überhaupt geht, dass man diese Schwelle überwindet, einem Menschen mit der Faust ins Gesicht zu schlagen. So kenne ich mich nicht, Marta, aber das war ich in dieser Nacht.] Es klatscht, viel leiser, als ich gedacht hätte, ein lächerlich winziger Moment, und der Typ liegt, verdutzt, geschockt, stiert mich an. Der Große weicht zurück, sieht sich um, dann hilft er dem Kleinen auf die Beine. Er drückt sich langsam an der Wand hinter sich hoch und hält sich die Hände vors Gesicht. Blut. Die beiden sind geschockt, sie greifen mich nicht an, sie haben Schiss. Was denken sie, wer ich bin? Ein Verrückter, ein Junkie, ein Killer. Beide heben die flachen Hände.

In einem großen Bogen und ohne ein Wort zu sagen geht der Kleine an mir vorbei und aus der Küche, er hält sich noch immer die Hand vor das Gesicht, den Kopf im Nacken, das Blut tropft auf sein weißes Feinripp-Unterhemd. Meine Hand tut weh, mein Puls pocht im Hals, ich hätte Lust, auch den anderen noch umzuhauen und so glotze ich ihn auch an. Dann drehe ich mich um und laufe dem Kleinen hinterher, sehe, wie er sich im Klo einschließen will, aber ich bekomme noch den Fuß dazwischen. »Verpiss dich hier!«, brülle ich. »Raus hier, hau ab!« Ich stehe vor ihm, aufgeplustert, alles in mir rast. Der Typ murmelt leise vor sich hin, ich solle nicht so stressen und da packe ich ihn einfach, schleudere ihn aus dem Bad in den Flur. Er prallt gegen die Wand und die vielen Leute im Flur hören auf, sich zu unterhalten, machen Platz und glotzen nur noch. Ich trete nach ihm. »Fick dich, du Arschloch!«, schreie ich und stoße ihn den Flur runter und gegen die Haustür. Ich schubse ihn ins Treppenhaus, schmeiße die Tür ins Schloss, mein Kopf dröhnt. Und gerade als ich mich umdrehe, kommt der andere Typ, greift sich Jacken und

Taschen und drückt sich an mir vorbei und aus der Tür. Ich brülle ins Treppenhaus, dass sie sich verpissen sollen, schmeiße die Tür ins Schloss, die Leute gucken.

Ich renne in die Küche, das Zucken im Hals. Ich bin wach, so was von wach, mein Magen flattert und ich denke: Jetzt. Ich schnappe sie mir einfach. Ich gehe rüber zu Marta, ich packe sie am Arm, ich zerre sie einfach raus. Weg von dieser Party, weg von dieser Wohnung, diesen Menschen. Wenn es nötig ist, werde ich sie fesseln und wegtragen. Ich werde sie auf die Rückbank meines Wagens werfen, mich ans Steuer setzen und aus dieser Straße jagen, diese Stadt verlassen und fahren, einfach fahren. Weg von hier, weit weg, nach Friesland. In unser Dorf oder in eine kleine Stadt am Meer mit Möwen, Wind und zwanzig Sorten Nieselregen. Wo man sich einmal im Jahr verkleidet und Rummelpottlaufen macht. [Einmal im Jahr, Marta, nicht die ganze Zeit!] Mit Deich und guter Luft, mit Gemüsemarkt und frei laufenden Hühnern, mit Apfelbaum und Nebel, und natürlich haben die Penner die Steaks auf dem Herd gelassen. Verkohltes Fleisch, Rauchschwaden, Gestank und kein Mensch, der sich dafür interessiert. Ich werfe die Pfanne mit dem Fleisch in die Spüle, das Wasser zischt, das Fett spritzt und explodiert ein bisschen. Ich verbrenne mich am Unterarm, aber mir gefällt das Gefühl, in diesem Moment gefällt es mir, wie ich hier stehe und mein Herz pumpt und ich Schläge verteilen will und meine rechte Hand anschwillt, pumpt und schmerzt und die kleinen Fettspritzer Blasen auf meinem Unterarm aufwerfen. Ich denke: So fühlt sich das also an, Leidenschaft. Und dann laufe ich los. Ich schubse die Leute aus dem Weg, Marta sitzt in einer dunklen Ecke und redet mit Burhan. Ich stelle mich vor sie hin und packe sie am Arm. »Komm, wir gehen!«, sage ich und Marta guckt mich an, als wüsste sie nicht, von was ich rede.

»Was?«

»Wir müssen jetzt los. Komm.«

Sie dreht langsam den Kopf, sieht Burhan an, dann lachen sie beide.

[Marta, jetzt oder nie.]

»Komm.«

Marta stößt meine Hand von ihrem Arm und sagt: »Spinnst du, Paul? Ich feier hier ne Party.«

»Wir wollten nach Friesland.«

»Paul.«

»Marta.«

»Nicht jetzt.«

[Wann dann, Marta?] Ich nicke, ich glaube, ich nicke sehr lange, viel zu lange, aber ich kann mich sonst nicht bewegen, Burhan und Marta grinsen schon, dann schaffe ich es end-lich, mich umzudrehen. Ich falle in das nächste Sofa und ich denke: So fühlt sich das also an.

Wir saßen im Gras und kriegten nasse Ärsche, obwohl die Sonne inzwischen brannte.

»Das Leben ist an die Lebenden vergeudet«, sagte Marta et-was wichtigtuerisch und warf ihre splissigen Haare mit einem immer noch eleganten Schwung in den Nacken.

»Boah, Marta«, machte ich.

»Ich glaube«, sagte sie, »wenn man tot ist, weiß man erst, was das eigentlich ist: *Das Leben.*«

So einen Quatsch haute sie manchmal raus, einfach so, ich habe mich immer gefragt, ob ihr so was in dem Moment ein-fiel, in dem sie es sagte. Ich schaute sie an und freute mich über diesen ruhigen Moment und dass ich offensichtlich ein großes und gut funktionierendes Herz haben musste, wenn Marta und der viele Unsinn, den sie trieb und sogar noch der ganze Wust, den sie redete, dort so vollkommen problemlos reinpassten.

Ich fragte nicht nach, ich wollte Marta nicht vorführen. Ich liebte sie. Ich liebte Marta, obwohl das Wahnsinn war. Denn Marta würde sterben. Ich rechnete immer damit, dass sie plötzlich nicht mehr antworten würde. Dass sie nicht vom Klo zurückkam, dass sie einfach nicht mehr aufwachte. Dass wir im Café sitzen und Marta Kuchen bestellen und keinen Krümel mehr essen würde, dass sie quasselt und mitten im Satz kein Wort mehr aus ihrer Richtung kommt.

Marta hatte überhaupt nur ein einziges Mal mit mir über das Sterben gesprochen. Wir hatten in der Straßenbahn gesessen, ich habe noch das Rattern im Ohr, ich war hundemüde, hatte einen Kater und glotzte ohne einen Gedanken aus dem Fenster, als sie völlig unvermittelt sagte: »Wenn ich tot bin, haust du einfach ab, klar. Du musst dich nicht um irgendwas kümmern. Wenn ich weg bin, bist du auch weg. Ich will nicht, dass du dir Stress machst.«

Ich konnte erst gar nichts sagen, dann sagte ich: »Halt die Klappe, Marta!« Dabei wollte ich nichts mehr, als dass sie weiterredete. Dass sie endlich mit mir über das sprach, was offensichtlich und unausweichlich war. Aber ich wollte etwas anderes hören, ich wollte wissen, was Marta sich wünschte, wie sie sich das alles vorstellte. Ich wollte wissen, was ich dann für sie tun konnte. Ich wollte mich kümmern.

Marta blinzelte, schnaufte laut herum und so ein gelber, nichtseltener Schmetterling ließ sich auf ihrem Knie nieder. Marta sah dem Schmetterling zu, wie er mit seinen riesigen Flügeln hin und her wackelte. Es sah aus wie Auswackeln, Muskeln ausschütteln, Nachflugbewegungen. Marta lauerte und mit einer blitzschnellen Bewegung schnappte ihre Hand nach dem Schmetterling, ihr Zeigefinger erwischte einen

Flügel, drückte ihn fest auf ihr Knie. Der Schmetterling flatterte wild mit dem anderen Flügel, strampelte mit seinen schwarzen Beinchen, warf den Körper hin und her. Marta sagte mit ihrer Honigstimme: »Leberecht.« Und sofort kam die Ratte aus ihrer Handtasche hervorgekrochen, sah sich kurz um, witterte das gelbe Gezappel auf Martas Knie und schnappte danach.

Marta steht auf dem Balkon und raucht. Sie zwinkert mir zu, aber sie klebt an Burhan, schon seit Stunden. Sie hat nicht einmal mitbekommen, dass ich mich für sie geschlagen habe, für sie habe ich nur einen peinlichen Auftritt hingelegt. Ich kann mir denken, was Marta denkt: Saz zupfen am Bosporusufer, Sonnenuntergang, gebräunte Haut, behaarte Brust, bekiffter Tanz. Sie hängt an seinen Lippen, lacht über jeden seiner Sätze, steht und sitzt und raucht, wo immer er ist. Ich folge ihnen von Raum zu Raum, ich sehe ihnen zu. Marta will sich verlieben, sich noch ein letztes Mal verlieben. Es reicht ihr nicht, ich reiche ihr nicht, es reicht Marta nie, genau das ist ja ihr Problem, diese Maßlosigkeit. Aber jetzt, das muss ich zugeben, in diesem Zustand, ergibt es Sinn. Es ist die logische Fortsetzung. Marta nimmt sich, was noch zu kriegen ist, oder wenigstens probiert sie es, solange es noch geht. Das beste Stück vom fremden Teller, darum geht es.

Vier Mal habe ich mit Marta geschlafen. Beim dritten Mal ist das Kondom gerissen. Ich weiß nicht, ob ich was falsch gemacht habe oder woran es gelegen haben könnte. Ich weiß nur, dass ich danach Angst hatte, dass ich wirklich Angst um mein Leben hatte. Und dass ich es Marta nicht zeigen wollte, unter keinen Umständen. Ich konnte darüber nicht mit ihr reden. So wenig, wie ich ihr sagen konnte, dass ich mich ekelte, vor ihr, vor ihrem Körper. Mit dem Gummi war es möglich, ich konnte mich wegträumen, in Sicherheit wiegen, aber als ich sah, dass das Kondom zerrissen war und wie ein kleiner Ring auf meinem feucht glänzenden Schwanz hing, da ging es nicht mehr. Ich drehte mich um, setzte mich auf, zog das Gummi runter, wischte mich ab. Marta küsste meinen Rücken, fasste in meinen Nacken. Aber es ging nicht weiter. Ich legte mich hin und nahm sie in den Arm, streichelte ihre Stirn und sie steckte mir einen Finger ins Ohr.

Martas Hand liegt auf der Brust des DJs, sie redet kurz mit ihm, er nickt, dann wird die Musik leise. Sie will laut und deutlich sprechen, damit alle sie hören, aber die Worte kommen nur mühsam aus ihrem Mund. Der DJ dreht noch leiser, sie sieht ihn scharf an, er dreht wieder auf.

»Wir spielen jetzt!«, ruft sie. »Ich muss euch Saufspiele zeigen, norddeutsche Saufspiele!« Sie klatscht vor Freude in die Hände und präsentiert, was sie sich ausgedacht hat.

»Snökkelsnördrammen«, sagt Marta und das ist natürlich völliger Quatsch. »Man sitzt im Kreis«, erklärt sie ihre Regeln, »einer gesteht was, und jeder, der so was Ähnliches auch schon gemacht hat, muss ein kleines Glas Eierlikör trinken, ohne dass er was sagt. Nich lang schnacken, nur Suff, nur Eierlikör, Strafe muss sein! Na Sdorowje!« Sie sieht mich an und grinst, stellt kleine Gläser vor sich auf den Tisch, den Eierlikör unter dem Arm.

[Also gut, Marta, wo wir gerade dabei sind: Vielleicht gings nur um mich, die ganze Zeit. Vielleicht war ich nur bei dir, weil ich rauswollte, weil ich was brauchte, eine Aufgabe. Vielleicht hab ich dich nur benutzt, Marta, hab deine Party mitgefeiert, deinen Schwung genommen, dich als Droge benutzt. Na Sdorowje.]

Sie sieht sich um: »Das ist nicht euer Ernst, ihr kennt das nicht? Wo kommt ihr denn her? Aber Hoisenbüddelknarz ist klar, oder?«

Sie sitzen sehr eng beisammen auf dem Sofa, Marta und Burhan, sie rauchen irgendwas in kleinen Pfeifen. Marta setzt die Pfeife an, Burhan gibt ihr Feuer und sie zieht tief ein. Burhan macht ihr vor, sie solle die Luft anhalten, sie tut es, nickt und ich zähle wieder die Sekunden, wie lange der ganze Scheiß in ihren armen Lungen ist, zehn Sekunden, dann atmet Burhan aus und Marta auch, eine große, weiße Wolke. Dann höre ich nur noch die Musik und ihr langes, krachendes Husten, wie nach dem Morgentanz. Eine Viertelstunde lang, ihr Röcheln, ihr Ringen um Luft. So tiefe, dämonische Geräusche aus diesem zerbrechlichen Körper. Burhan und die anderen lachen, als sei es lustig, und Marta gibt sich Mühe, das Ganze herunterzuspielen, sie lächelt mit, wenn sie kann. Dann steht sie auf, vorsichtig, taumelt durch den Raum und verschwindet im Bad. Ich halte es nicht aus und gehe in ein anderes Zimmer.

Später sehe ich Marta mit Burhan tanzen. Sie steht aufrecht mitten im Raum, dreht sich im Zeitlupentempo, verlagert langsam ihr Gewicht von einem Bein auf das andere. Die Arme ausgebreitet, wendet sie ihre Handflächen abwechselnd nach oben und unten, das ist alles. Sie nickt Liviu zu, der das Licht dimmt und die Tische zur Seite schiebt. Marta will tanzen. Und ausgerechnet nicht mit mir.

Ich sehe sie an. Ihre Bewegungen sind so klein geworden, ohne Spannung, ohne Schwung, sie kann nicht mehr. Aber sie steht vor der Box, steht und taumelt, hebt ab und zu die Ärmchen und bläst Rauch in ihren meterlangen Schal. Ich habe zum ersten Mal Mitleid mit der Ratte.

Das Lied ist noch nicht mal zu Ende, da verschwindet Marta mit Burhan im Schlafzimmer. Ich sitze wie abgestellt im Rauschen ihrer Party und fühle es dumpf in mir klopfen. Das also ist Schmerz, denke ich, das also ist Eifersucht. Und ich ärgere mich, dass ich wieder angefangen habe zu denken und aufgehört, einfach zu tun. Ich würde gerne in Martas Zimmer marschieren und den Typen aus der Wohnung prügeln, scheißegal, ob das mein Recht ist oder nicht. Ich wette, Marta würde meckern und zetern, aber dann würde sie mich lieben, sich freuen, würde mich küssen und mit mir saufen, denn eigentlich ist Marta immer für Action, das ist doch ihre Devise.

Keine fünf Minuten später geht plötzlich, viel zu früh, Martas Zimmertür wieder auf und Burhan steht da und sieht sich um. Er geht zielstrebig auf seinen Kumpel zu, packt ihn, brüllt ihm irgendwas ins Ohr. Ich stehe auf, mache ein paar Schritte in ihre Richtung, aber ich kann nicht hören, was sie reden. Sie nehmen ihre Jacken und verschwinden einfach. Kein Wort, kein Gruß, sie sind einfach weg. Ich gehe zum DJ, der mich ignoriert, dann ziehe ich den Stecker seiner Anlage. Keiner tanzt mehr, alle sehen den DJ an, dann mich, eine merkwürdige Atmosphäre, eine Stille, die nicht in diese Wohnung passt. Dann Martas Husten, wie eine kleine Erlösung. Kurz darauf steht sie in der Tür, lächelt und winkt mit dem Arm, dass es weitergehen soll. Aber es geht nicht weiter, denn überall an ihr ist Blut. An ihren Lippen, an ihrem Hals, überall, ihre Hände sind voll davon und sie hat es überall verschmiert. Sie lächelt und hustet und hustet mehr Blut hervor, so viel, dass sie würgen muss und wieder hustet. Liviu dreht das Licht auf und Marta kneift die Augen zusammen. »Okay! Party vorbei, Leute!«, ruft Liviu und ich bin mir nicht sicher, ob das in Martas Sinne ist, aber sie kann nichts sagen, sie ist damit beschäftigt zu husten und sich nicht an ihrem Blut zu verschlucken. Ich halte sie fest und ihre Beine knicken weg. Ich bringe sie in ihr Zimmer, lege sie auf ihr Bett.

»Ich muss den Arzt rufen!«, sage ich. »Mal im Ernst, Marta, das geht nicht! Du krepierst!«

»Kein scheiß Arzt!«, flüstert Marta ohne Atem. »Kein scheiß Arzt.«

»Ich rufe einen Krankenwagen.«

»Tust du nicht!« Sie funkelt mich an, krallt ihre Hand fest in meinen Nacken. [Vor was hast du Angst, Marta? Warum lässt du dir nicht helfen?] Ich tupfe ihr das Blut von den Lippen und vom Kinn, das Blut, das inzwischen einfach so aus ihrem Mund läuft. Wie viel Blut kann so ein dürrer, schwacher Körper verlieren, ohne kaputt zu gehen?

»Marta, kein Arzt, das geht nicht. Das ist Wahnsinn!«, sage ich. Sie richtet sich auf, drückt den Rücken durch, schiebt ihr Becken vor und atmet tief ein, ihre Augen tränen vor Anstrengung [Aber das zählt nicht, Marta, das war Tränenflüssigkeit, aber Tränen sind was anderes, ich habe dich nicht weinen sehen.] und sie wimmert leise, wenn sie Luft holt. Wenn sie es schafft, auszuatmen, ohne zu husten, dann nur mit einem Pfeifen, das klingt, als würde jemand weit weg immer wieder denselben Ton auf einer Blockflöte spielen. Marta zittert und versucht, mich anzulächeln, ich halte ihren Kopf, streichele ihren Rücken, lege eine Decke um sie. »Marta«, sage ich, mehr weiß ich nicht. Von draußen höre ich, wie die Tür geht, die Leute gehen.

»Zu Weihnachten, da zeig ich dir die Stadt, meinen Vater, meine alte Schule, die Straßen, die ich jeden Tag hoch- und runtergelaufen bin.«

»Ja!«, sagt Marta tonlos. »Rummelpottlaufen.«

[Friesland wird dich nicht enttäuschen, Marta, erzähl einfach weiter. Erzähl mir vom Friesentwist, von Möwen, die wie Kanarienvögel aussehen, von Haien und Korallenriffen. Vom friesischen Bauernvolk, das nur singend streitet. Und ich sage kein Wort von Fischmehl und Schweinedung, von Reiterball und Cola-Korn. Marta, kein Wort von unserem dunklen Hof, meiner teigfarbenen Mutter und wie mein Vater sie gefunden hat. Jahrelanges Stall ausmisten, Heu einfahren, Unkraut jäten, ich sage dir nicht, wie sehr ich das gehasst habe. Und wie verwildert heute alles ist, wie klein der Hof geworden ist, seit ich nicht mehr da bin. Mit dir nur Raps, Marta, ein kilometerweites, berstendes Gelb. Mit dir Kühe, überschaubare Weite, ein Horizont. Mit dir den ganzen Sommer im Heu schlafen, mit dir nur das Obst pflücken, nur Sonne auf den Bauch, nur nach dicken Kartoffeln graben. Stell dir vor, du hättest hierher gepasst, stell dir vor, Friesland hätte nur auf dich gewartet, ausgerechnet auf dich, Marta.]

»Was soll ich mit Leberecht machen, Marta? Was mach ich mit deiner scheiß Ratte?«, frage ich Marta, als wir in ihrem Bett liegen und es ruhig geworden ist in der Wohnung. Noch immer sickert Blut aus ihrem Mund, sie zittert am ganzen Leib, klammert sich an meinen Arm. Sie könnte sauer sein, sich vielleicht aufregen, so offen habe ich das nie angesprochen, aber es ist eine Frage, die geklärt werden muss, finde ich, und zwar jetzt. Eine praktische Frage, Marta sollte dafür Verständnis haben, sie ist ein praktischer Mensch.

Dann redet sie, ein winziges Krächzen. »Ein Tier begreift das ja gar nicht, den Tod. Also, Leberecht versteht doch gar nicht, was das ist, der Tod, das passiert ihm einfach, weißt du? Das ist der Unterschied. Wenn ein Mensch stirbt, dann ist doch das Schlimme daran, dass er es sich vorstellen kann und im selben Augenblick eben nicht. Darum hat man doch Angst.« Sie zuckt und kurz denke ich, sie schluchzt, aber sie schluchzt nicht, auch jetzt nicht, wie wir hier liegen in ihrem Blut, auf ihrem Bett. »Aber Leberecht stellt sich einfach gar nichts vor. Das gehört für ihn zusammen, Leben und Tod, für ihn ist das einfach so, verstehst du?«

»Kein Wort, Marta. Kein Wort.« Sie hustet, ich nehme sie in den Arm, rieche an ihrem Haar, lange und tief. Ihr zerkautes, dünnes Haar, ausgefranst und farblos. Martas Geruch: Zitronen, Talg, Lavendel und ihr ungelüftetes Bett.

Ich glaube manchmal, Marta und ich, wir waren auf eine sehr ähnliche Weise in Marta verliebt.

Wahrscheinlich haben wir deshalb so gut zusammen funktioniert: Weil wir beide fasziniert von ihr waren, froh, dass es sie gab und traurig, dass es sie bald nicht mehr geben würde. Wir fanden sie beide geheimnisvoll, weise und interessant. Wir hörten ihr gern zu, wir sahen sie gern an, wir verbrachten gerne Zeit mit ihr, wir wollten sie nicht entzaubern, wir wollten die Zeit, die uns mit Marta blieb, einfach noch ein bisschen genießen.

Wir liegen in ihrem riesigen Bett, ich höre das Unwetter draußen. Ein gemütlicher Donner, wie rollende Fässer, die gegeneinanderpoltern. Hier drinnen pfeift Martas Atem schwach und sie probiert, mit den unterschiedlichen Pfeiftönen die kleine Melodie zu spielen, die sie beim Essen immer gesummt hat. Darüber muss ich lachen und Marta auch, dann muss sie husten und es kommt Blut. Zwischen uns liegt ein Handtuch, mit dem sie es sich von Gesicht und Händen wischt. Draußen erscheinen die Blätter für einen Moment in weißem Licht, der Donner knallt, wie wenn man mit der flachen Hand auf ein Kissen schlägt. Marta schließt den Mund und sieht mich eine ganze Weile lang an. Sie schiebt etwas Flüssigkeit im Mund hin und her, als wolle sie Spucke sammeln, um vom Dach eines Hochhauses zu rotzen. Dann dreht sie sich auf den Rücken, öffnet den Mund und macht mundgroße Blutspuckeblasen. Ein kleines, konzentriertes Blubbern. Martas Mund klappt kurz zu und wieder auf und spannt eine neue Blase, die zerplatzt. Dann wieder eine. Auf und zu. Nach einer Weile schließt sie den Mund und schluckt. Sie sagt: »Der Mount Marta, heute zum letzten Mal aktiv!« Wahrscheinlich verwechselt sie Friesland mit Island, wahrscheinlich sieht Marta Geysire, Fjorde und Vulkane vor sich. Ich halte sie, höre und fühle das Rasseln ihrer Brust, es ist ein dumpfes, breites Vibrieren in meiner linken Hand. Ich bemühe mich, Martas Rhythmus zu halten, den Rhythmus ihrer Atemzüge, sie mitzunehmen in einen ruhigeren Takt. Ich habe keine Ahnung, wie lange wir so liegen, dieser Zustand ist ein Sog, stärker noch als Marta selbst. Da ist nur meine Sorge, ihr Atem, das Kratzen unter ihren Rippen. Nur wenn es draußen blitzt, erwache ich kurz und heftig und weiß, wo ich bin, wen ich halte. Marta ist schlaff bis in den letzten Winkel ihres Körpers, ohne jeden Widerstand, es ist, als könnte ich in sie hinübergleiten und sie in mich. Ihr Atem wird langsam immer weniger. Marta verschwindet in meinem Arm.

»Jetzt dreh dich um«, flüstert sie tonlos, nach Stunden vielleicht oder Minuten, es ist nur eine winzige Bewegung ihrer Lippen. »Ich will dich in den Arm nehmen.« Sie schiebt das Handtuch vom Bett und nimmt mich in den Arm. Ich spüre ihren nassen Mund in meinem Nacken. Den schwachen, überraschend warmen Atem. Ihr müdes, leeres Pfeifen, das immer leichter wird, bis ich schließlich nichts mehr höre, selbst wenn ich die Luft anhalte. Nur ein winziges, warmes

Pumpen in meinem Nacken, und irgendwann ist da nur noch die Nacht vor dem Fenster.

Als ich aufwache, hat Marta mich noch immer im Arm. Sie hält mich fest, sehr fest.

Ich liege da, Martas kalten, harten Arm um mich geschlungen, und traue mich nicht, mich umzudrehen. Da ist der Morgen, das Rauschen der Straße durch die dünnen Fenster. Helles Licht. Mein Atem. Ich höre Schritte von oben. Liviu ist vielleicht schon wach oder er hat Besuch.

Marta schläft sehr fest oder Marta ist tot.

Ich weine. Liege einfach da und weine, mir laufen die Tränen aus den Augen auf das Bett, Martas Bett.

[Hast du mich weinen sehen, Marta?] Ich drehe mich nicht um, ich will nichts sehen, Marta nicht sehen. Will mich nicht verabschieden, dieses Bild nicht in meinem Kopf haben, ich will Marta lebendig in Erinnerung haben. Ich bewege mich nicht. Du darfst sie nicht berühren, denke ich wie dumm. Du darfst den Tod nicht berühren, ihn nicht spüren.

Irgendwann schäle ich mich aus Martas Arm, indem ich die Decke zwischen meine und ihre Haut lege, wie einen Topflappen, und den steifen Arm anhebe, ohne Blick. Ich stehe auf und gehe in die Küche wie gejagt. Ich mache Kaffee. Das ist fünf Minuten nach Marta alles, was ich höre: das Rattern der Kaffeemaschine, hallend in ihrer großen, leeren Küche, um mich herum die Reste der Party, leere Flaschen, Aschenbecher, halb volle Gläser und Pfützen auf dem Boden.

Ich trinke zwei Becher Kaffee im Stehen, ohne Milch, und verbrenne mir den Mund. Ich gehe ins Bad und reibe mir das getrocknete Blut aus dem Nacken. Dann rufe ich meinen Vater an.

Ich packe meine Sachen, ein kleiner Rucksack. Einfach gehen, hat Marta gesagt.

[Einfach gehen, Marta? Wie hast du dir das vorgestellt? Warum hast du mir nicht gesagt, wie es weitergeht ohne dich? Einfach gehen? Einfach vorbei, Marta?]

Ich sehe nicht ein einziges Mal zum Bett, während ich die Sachen aus dem großen Wäschestapel unter dem Fenster ziehe, meine Zahnbürste aus dem Bad hole. Ich überlege, was zu tun ist. Ich rufe einen Arzt an, ohne meinen Namen zu sagen. Ich ziehe meine Schuhe an, setze den Rucksack auf, stehe in der Tür. Dann gehe ich doch noch einmal zurück in Martas Zimmer. Das Handtuch mit den rostbraunen Flecken, die Decke um ihr helles Bein geknotet, kein Zucken, sie träumt nicht mehr. Es ist vorbei, ich kann gehen. Ich überlege, Marta zum Abschied auf die Stirn zu küssen, aber dann lasse ich es, sie hätte mich ausgelacht.

Ich suche die Ratte. Ich kann sie nicht hierlassen. Ratten fressen Aas. Ich muss sie fangen und mitnehmen. Ich rufe und imitiere dabei Martas Stimme.

Als ich Leberecht endlich zu fassen kriege, windet er sich in meiner Hand und beißt nach mir. Ich stopfe ihn in die Drogen-Tupperbox, mache sie zu und wickle Klebeband herum, damit er sich nicht befreien und an mir herumklettern kann. Ich höre sein Quieken, das Strampeln seiner Beinchen, das Ratschen seiner Krallen auf dem glatten Plastik. Ich stecke die Box in den Rucksack und den Schlüssel von außen in das Schloss. Draußen stehe ich im Licht, muss die Augen zusammenkneifen, bis sie sich an den Tag gewöhnt haben.

Im Zug durch den Abend, das späte Licht über den buckligen, flachen Feldern, den Entwässerungsgräben. Die Kühe, die Schafe, die dreihundert Grüntöne, die tausend Brauntöne,

die Windräder, die krummen, alten Bäume, die langen Dä-
cher, die schwimmenden Häuser.

Ich spiele das alte Spiel aus meiner Kindheit. Marta, die
über Felder, über Bäume und Gräben springt, über Häuser,
Misthaufen und Zäune, über Kuhherden, Anhänger und
Traktoren.

[Marta, wie du jetzt über den Deich hüpfst und schrecklich
lachst und vollkommen tot auf deinem Bett liegst. Vielleicht
hat Liviu dich gefunden, vielleicht ist er schon abgehauen,
der Arzt schreibt vielleicht schon an deinem Sterbebrief oder
du bist schon in der Kühlkammer, wie Leberecht in seiner
Box.]

Vor dem Bahnhof steht derselbe alte Bus, als wäre ich nie weg
gewesen. Acht Stationen bis Hohe Klint, einen Euro vierzig.
Die lange, dunkle Allee wischt am Fenster vorbei, still stehen-
de Windrädersilhouetten am Horizont, Kühe auf den Feldern, ich steige aus und sehe dem Bus nach, bis die Landstraße
ihn schließlich verschluckt. Dann laufe ich die paar hundert
Meter zu unserem Hof, der mir jedes Mal kleiner vorkommt,
wahrscheinlich wegen der Bäume, die immer größer werden
und immer mehr vom Haupthaus und den Ställen verdecken.
Als ich die Einfahrt hinunterlaufe, geht das Außenlicht an,
ich kneife die Augen zusammen. Kein Hund, der bellt, schon
lange nicht mehr. Ich stehe einen Moment, lege die Hand
auf die Klinke. Dann gehe ich hinein, die Tür ist offen, wie
immer.

Mein Vater sitzt in der Küche, einen Teller Suppe vor
sich auf dem Tisch. Über ihm an der Wand hängt ein kleiner Kalender, auf dem noch Februar ist, von der Fensterbank
rauscht das alte Röhrenradio. Er steht auf und nimmt mich in
den Arm, klopft mir auf den Hinterkopf und stellt mir einen

Schnaps hin. »Na, Paul«, sagt er und grinst so wenig er kann. Er geht zum Herd, rührt langsam mit der alten Blechkelle im Topf und stellt mir einen Teller auf den Tisch. Dann lacht er kurz und laut und drückt seine Hände aufeinander. »Was los?«, fragt er und guckt mich lange an. Ich schiebe die Suppe weg, dann sehe ich aus dem Fenster. Nur nicht weinen. Ich glaube, ich habe meinen Vater noch nie weinen sehen, nicht mal auf Mamas Beerdigung. [Vielleicht, Marta, hättest du mit deiner harten Schale doch hierher gepasst, vielleicht hattest du recht mit allem, vielleicht weißt du viel mehr von Friesland.] Und mein Vater packt meinen Kopf mit seiner Rechten und streichelt mich, streichelt mich zum ersten Mal seit – ich weiß nicht, wie lange das her sein mag. Fährt mit seiner riesigen, rauen Hand durch meine Haare, grinst ein bisschen, greift dann unter mein Kinn und dreht mein Gesicht zu sich. »Na«, sagt er, dann drückt er mit dem Daumen zwischen meine Augen und knetet ein bisschen. »Sind das Sorgenfalten?«

Ich stehe in meinem alten Zimmer und packe meine Tasche aus, lege die Klamotten auf der Fensterbank ab. Dann habe ich die Tupperbox in der Hand. Gegen das Licht der Glühbirne sehe ich die Umrisse der Ratte. Sie bewegt sich nicht, fällt hin und her, wenn ich die Box schüttele.

Ich steige in die mistigen Gummistiefel meines Vaters, der längst im Bett liegt und schläft. Hinter der Tür zur Melkküche brummen die Maschinen, im Kuhstall ist es warm, frisch eingestreut, im Verschlag in der Ecke zwei Kälber und ihre Mutter. Die zweigeteilte Holztür geht mit einem lauten Quietschen auf, draußen steht mir der Mond gegenüber, es ist erstaunlich hell, eine klare Nacht. Ich laufe über den kleinen Weg durch den Garten, vorbei am Misthaufen über die Felder, auf denen die Jungtiere stehen, und weiter, bis an den Rand des Moors. Gut, dass Marta mich mitgenommen hat, denke ich, besser Marta als niemand. Ich stehe auf dem weichen Boden und rieche den süßen Duft. Dann hole ich aus und werfe die Box, so weit ich kann.

Wessi

Ich bin nicht gerne beim Wessi. Es riecht komisch bei ihm. Der Geruch erinnert mich an Verwesung, an tote Tiere, an Vogelleichen am Straßenrand im Sommer. Dabei ist Winter. Zehnter Zwölfter. In zwei Wochen ist Heiligabend. Davon merkt man hier draußen wenig. Wenn du im *Kaufland* bist, dann ja: dann Schokoladenweihnachtsmänner, dann Stollen, dann Glühwein, dann alles rot und grün und Klingelingeling. Aber hier draußen? Nur das Rauschen der Autobahn, nur das Kreischen des Trennscheibenschneiders und natürlich das Fernsehprogramm. Das ist das Einzige, was wie zu Hause ist. Im Fernsehen ist natürlich auch Weihnachten.

Ich habe meinen eigenen Wohnwagen. Ich bin seit sechs Jahren auf Montage. Bei den Preisen für die schäbigen Wohncontainer hast du nen Wagen nach vier Jahren wieder raus. Für die Container zahlst du nämlich auch. Sechs Euro fünfzig am Tag. Du kannst aber auch mit deinem eigenen Wagen kommen, wenn du einen hast. Hast mehr Platz, mehr Ruhe. Nicht das ständige Husten durch die dünne Blechwand, nicht das unruhige Schlurfen, nicht die Gerüche, nicht den Müll.

Ich stehe in der Küchenecke vom Wessi, wir rauchen. Von der Spüle bis fast zur Decke stapeln sich leere Fünfminutenterrinen. Ich bin nicht gerne hier, aber der Wessi sagt, er habe einen Job für mich. Er grinst mich an: »Ich werde Ihnen ein Angebot machen, das Sie nicht ausschlagen können.«

»Na, dann lass hören, Wessi, und mach hier nicht son Aufriss«, sage ich, »da hab ich jetzt echt keinen Bock drauf, ich bin

im Arsch, ich will ins Bett!« Ich mag den Wessi nicht besonders, er ist ein linker Typ. Außerdem, wenn du hier draußen
bist, dann willst du gar keine Freunde, da willst du für dich
sein.

Straßenbau ist Eremitensache. Der Tag muss nicht noch
länger werden. Das Leben im Container muss man rumbrin-
gen. Das ist alles: aushalten, durchhalten. Es geht darum, die
Zeit zwischen Montagmorgen und Freitagnachmittag so ein-
tönig wie möglich zu machen, dann wird sie unspürbar und
geht vorbei. Leben tust du am Wochenende oder in den Feri-
en. Deshalb fliegen wir dieses Jahr Weihnachten nach Ameri-
ka. Mein Weihnachtsgeschenk. Sylvia und ich, zwei Wochen.
Dafür steh ich jetzt hier und hör mir das Gelaber vom Wessi
an, vielleicht kann ich die Urlaubskasse noch ein bisschen füllen. Aber ich fürchte, er tut wieder geheimnisvoll und will
eigentlich nur Gesellschaft.

Ich spar alle Kräfte für zu Hause, für Sylvia. Noch neun
Tage Arbeit, dann gehts direkt zum Flughafen und rüber nach
New York.

Der Wessi hält mir ein Bier hin. Ich habe eigentlich keine
Lust, hier zu stehen und Bier mit ihm zu trinken, aber ein
Bier ist ein Bier und geschenkt ist geschenkt, also nehme ich
es. Ich soll mich setzen.

»Wir machen hier jetzt nicht wieder so ne Endlos-Laber-
Nummer draus, Wessi, alles klar? Ich hab nämlich echt nicht
viel Zeit.«

Er setzt sich und grinst und schüttelt den Kopf und sagt:
»Ruhig, Brauner.« Das ist bemerkenswert, er ist wirklich der
Einzige, der bisher auf dieses Wortspiel gekommen ist. Er sagt
es dauernd, als wenn ich sein Pferd wäre oder besonders nervös. »Hör mal zu, Ändi«, sagt der Wessi, als wären wir Kumpels.

Ich sage: »An-dre-as.«

Und er nickt und hebt den Kopf und hat plötzlich die Stimme eines Kindergärtners: »Herr Brauner, ich brauche Ihre Hilfe und für Sie sind dabei drei Braune drin.« Der Wessi lacht über seinen kleinen Witz. »Für zwei Stunden Arbeit. Heute Nacht.«

Er verzieht demonstrativ keine Miene, um mir zu zeigen, wie ernst er es meint.

»Was muss ich machen?«

»Rumstehen, Soldat spielen.«

»Soldat spielen?«

»Ja, Hund an der Leine, Pistole in der Hand und gucken, wie du immer guckst.«

»Kann ich.«

»Weiß ich, deshalb frag ich dich.«

»Illegal?«

Da lacht der Wessi wieder und guckt mich an, mit einem tatsächlich charmanten Blick: »Was, glaubst du, mach ich nachts im Wald mit Soldaten? Back ich Plätzchen, weil Weihnachten ist?«

Gibt Leute, die haben Scheißangst vor der Rente. Die wissen nichts zu tun, dann. Davor haben die Angst, vor der Langeweile. Das ist mein Vorteil, ich hab so viel Zeit, mir vorzustellen, was ich lieber machen würde, dass mir in der Rentenzeit nicht die Ideen ausgehen werden, ganz sicher nicht. Das ist meine Philosophie: Lieber richtig scheiße und richtig gut, als so ein Brei, wie viele den haben. Mein Leben muss besonders sein, ich will Besonderes erleben. Und das Geld dafür verdiene ich am schnellsten auf Montage.

Viele gibts, die können nichts so richtig mit sich anfangen. Und von denen gehen viele gleich kaputt, weil die das nicht wollen, weil die das nicht können. Legen sich hin und sterben weg. Ich bin nicht so einer. Wir machen jedes Wochenende was Besonderes, jedes Wochenende. Bungee-Jumping oder Hochseeangeln oder zum Wrestling. Und Sylvia ist dabei. Die hat es genau begriffen, die freut sich auf die besten Momente vom Leben, die weiß, dass ich hier für uns maloche, dass wir später zusammen durchstarten. Sylvia, die ich liebe, weil sie Röcke trägt und meistens nichts drunter und weil sie mir jeden Abend eine SMS schickt und manchmal Essen vorkocht für die Woche im Container.

Der Wessi ascht in eine leere Fünfminutenterrine und erklärt, dass er Hunde züchtet, in einem Zwinger, im Wald. Pitbulls, Kampfhunde. Er sagt, er züchtet und trainiert sie und wenn sie reif sind, dann verkauft er sie. Und heute Nacht verkauft er gleich drei Tiere auf einmal, da braucht er einen zweiten Mann. Auch weil es ein neuer Kunde ist, ein Nazi, den er nicht kennt, von dem er nur gehört hat. Soll ein fairer Geschäftsmann sein, keiner, der Stress macht, sagt der Wessi, aber was soll er mir auch anderes erzählen.

Er klopft bei mir, wenns losgeht, sagt er. Ich nicke.

Alle außer mir wohnen im Container, immer zu zweit, einer rechts, einer links. Normcontainer, gelbe Schönheiten aus geriffeltem Stahlblech, zweieinhalb mal viereinhalb Meter, etwas mehr als fünf Quadratmeter pro Person. Zweihundertvierzig Tage im Jahr wohnst du in so einem Container, wenn du auf Montage bist. So gesehen ist es das Zuhause. Nur, so darfst du es nicht sehen. Im Container ist wie auf Standby.

Hundertfünfzig bar Kralle, das sind anderthalb Schichten, das ist ein Wochenende, da mach ich glatt zwei Überstunden mit dem Wessi. Vor allem will ich wissen, was da läuft.

»Nur rumstehen, Knarre in der Hand und gucken wie immer«, sagt er noch einmal, als wär ich blöd. Er gibt mir eine schwarze Bomberjacke und eine schwarze Mütze.

»Das ist doch albern,« sage ich, aber dann ziehe ich beides einfach an. Arbeitskleidung.

»Gehen wir jetzt los,« sagt er und wir laufen eine Weile durch den Streifen Wald, der nur ein paar Meter hinter den Containern beginnt. Ich habe keine Angst. Der Wessi stochert mit dem Strahl einer Taschenlampe in der Dunkelheit. Hinter dem Streifen Wald kommen Felder und Äcker, wir laufen auf einen Schuppen zu.

Er zeigt mir die Hunde. Es sind ungefähr zwanzig, alle in kleinen Verschlägen. Junge, wütende Hunde hinter Zaun. Hässlich, kräftig, aggressiv, sie bellen und verbeißen sich im Draht, wenn man an ihnen vorbeigeht. Es stinkt wie in Wessis Container, süßlich, faulig, nach Pitbullscheiße. Der Geruch des Westens. Weiter hinten gibt es einen großen Käfig.

»Arena«, sagt der Wessi und zwinkert. »Trainingsplatz«, sagt er dann.

»Wie?«

»Ich bilde die Hunde aus,« sagt er. »Die kannst du nicht einfach so in den Ring schicken. Die müssen trainiert haben, die müssen schon ein paar Kämpfe machen, sonst werden die gleich plattgemacht. Dafür hab ich Bella, fürs Training. Lernst du noch kennen.«

Der Wessi hält mir eine Zigarette hin. Mir ist das Ganze suspekt. »In einer halben Stunde kommen die Nazis,« sagt er und gibt mir Feuer.

Der Wessi ist ein Profi, er sieht nicht aus wie einer, aber er ist ein Profi. Ich habe ihn unterschätzt, der hat hier ein dickes

Geschäft am Laufen. Eins, in dem es offenbar um richtig Geld geht.

Am Sozialcontainer, wo wir im Sommer zusammen grillen und wo im Winter nur der Müll steht, da hieß es: Der Wessi! Der Wessi zockt und verbumst sein Geld bei Nutten, weil er immer so abgerissen aussieht, weil seine Containerhälfte wie Scheiße aussieht und weil er nach Feierabend nie da ist. Aber der Wessi hat ein Geschäft am Laufen und was für eins. Der Wessi zockt nicht, der Wessi fickt nicht, der Wessi schiebt Sonderschichten, hat nen Plan, der züchtet Hunde und hat Connections zu den Nazis. Der spart, der hat was im Sinn. Knallharter Wessi, echt.

Der Wessi schaufelt nen halben Sack Trockenfutter und drei Dosen Nassfutter in einen Eimer und dann schüttet er eine Einskommafünfliterflasche Billigenergydrink dazu und grinst und sagt: »Geheimtrick, Spezialrezeptur, Bullenzucht.« Da muss ich schnaufen und den Kopf schütteln.

»Scheiß Klischee, Wessi, das ist doch Show, das ist doch nicht dein Ernst. Das ist doch albern.« Aber der Wessi rührt und panscht und schaufelt mit der Kelle die Pampe in die Verschläge, die Hunde drehen durch vor Glück und bellen und toben und machen einen Riesenaufstand und schlingen das Zeug gierig runter.

»Merk dir das!«, schreit der Wessi. »Im Januar muss ich für ne Woche weg, da brauch ich jemanden, der sich um die Tiere kümmert. Kannst dir was Gutes dazuverdienen.«

Ich kriege den hässlichsten Hund im ganzen Stall. Eine weiße Bulldogge, völlig vernarbt, ein zerbissenes Gesicht, Wunden, Narben, Schorf. Sie sieht aus, als hätte sie die Pocken. Der Wessi gibt mir die Leine, die eine Kette ist.

»Bella«, sagt der Wessi und entweder hat er keinen Funken Geschmack oder er ist ein echt witziger Typ. Witzig auf so eine Wessi-Art, die ich nicht verstehe. Warum heißt Wessi eigentlich Wessi, weiß ich, wo der herkommt? Nachher ist es einfach sein Name! Florian Wessi oder Jürgen Wessels oder so, keine Ahnung, er benimmt sich jedenfalls wie einer.

Der Hund guckt mir kurz in die Augen, ein klarer Blick. Verschlagen und schlau, sehr wach, sehr hinterhältig. Ich habe Respekt vor Bella, mehr als vor dem Wessi. Sie könnte mir auf der Stelle an den Hals springen und mich totbeißen, wenn sie wollte.

»Ist geladen, vorsichtig«, sagt der Wessi und hält mir die Pistole hin. Ich nehme sie. Ich könnte Bella auf der Stelle abknallen und töten, wenn ich wollte. Oder den Wessi. Oder später den Nazi.

»Is gesichert, trotzdem Vorsicht, klar?«, sagt der Wessi. »Mach kein Quatsch, okay? Ab jetzt ist Ernst!« Er hat wieder diese Kindergärtnerstimme und damit geht er mir echt auf die Nerven.

»Wessi, jetzt mach hier nicht so den Dicken, klar? Ich hab dein Gelaber satt, ich bin kein Anfänger. Für wie viel vertickst du die Tiere?«

Und dann mache ich es einfach, ich habe erst überlegt, aber jetzt mache ich es und ich sehe mich dabei wie von außen. Ich mache es wie ein richtig alter Hase: Ich kratze mich mit dem Lauf der Knarre an der Stirn. Ich weiß, dass sie gesichert ist und der Wessi weiß es auch, trotzdem: Das hat gesessen, das kommt einfach gut. Und ich lache und der Wessi lacht auch.

Wir laden die Hunde in den rostigen Lada, da ist kaum Platz, nicht grad ein Transporter, aber das geht schon, ist nicht weit zum Treffpunkt. Dort steigen wir aus und warten, wir rauchen und endlich mal labert der Wessi nicht, jetzt hat er bestimmt die Hosen voll.

Die Hunde versuchen zu bellen, als die zwei Wagen auf uns zurollen. Der Nazi hat zwei Leute dabei. Wir sind in der Unterzahl. Aber wir haben die Hunde, auch wenn sie Maulkörbe tragen. Zur Begrüßung kratze ich mir mit der Pistole am Kopf und merke im selben Moment, dass es eher peinlich war. Der Nazi guckt kurz und sein Mundwinkel zuckt. Aber sonst macht er keinen Stress. Er steht da, guckt wie ein General, ist auf eine sehr ähnliche Art hässlich wie die Pitbulls, die er kauft. Er gibt dem Wessi einen Umschlag, der sieht kurz rein und sie reden kaum und wenn, dann ist es ein konzentriertes Flüstern, wie echte Profis. Der Nazi ist ein Profi, der Wessi, wie er hier steht, in seinen lächerlichen Joggingschuhen, sieht echt nicht so aus, aber er benimmt sich, als wäre er auch einer.

Sie geben sich die Hand, der Nazi und der Wessi, und der Wessi gibt den Leuten vom Nazi die Hunde und sie versuchen, die Hunde in den Wagen zu bringen. Sie haben Schiss vor diesen Hundemaschinen, das sieht man, es sind ängstliche Nazis. Die Tiere knurren aber auch echt fies, bellen können sie nicht so richtig mit ihren zugeschnürten Schnauzen. Der Wessi hält dem Obernazi Zigaretten hin, aber der lehnt ab, er hat dünne schwarze Lederhandschuhe und damit streicht er durch seine hart geschnittene blonde Nazifrisur. Dann klappen seine Leute die Kofferräume zu, steigen ein. Der General nickt noch einmal und sie brausen weg. Deal gelaufen. Ich musste gar nichts machen. Es ist, wie es ist: Der Wessi wollte einfach jemanden dabeihaben, der Wessi braucht Gesellschaft, das ist alles.

»Willst du wissen, was das Geheimnis ist?«, fragt er, kaum dass wir in seinem klapprigen Wagen sitzen.

Er muss jemandem davon erzählen, der Wessi muss ständig reden, er schafft es nicht, mal die Klappe zu halten. Ich reagiere nicht. Ich hoffe für Westdeutschland, dass Wessi wirklich nur ein zufälliger Spitzname ist.

Wir fahren los, Bella poltert im Kofferraum herum, als der Wessi in ein Schlagloch fährt. Selbst wenn ich ihn beschimpfe, wird er es nur wieder als Aufforderung verstehen, mir seine Geschichten zu erzählen, sein Wissen, seine Weisheiten über alles, über Hundezucht, Frauen, Politik und Sport und das Fernsehprogramm. Ich gucke aus dem Fenster.

»Zwölftausend«, sagt er. Der will mich doch verarschen.

»Zwölftausend?«, sage ich und der Wessi nickt.

»Eigentlich fünfzehn, aber weil er drei auf einmal genommen hat. Rabatt.«

»Zwölftausend Euro für drei hässliche Hunde?«

»Das sind Gladiatoren!«, sagt er. »Ich mache Maschinen aus ihnen, Killer. Die sind jeder fünftausend wert, die machen genug Fights, die bringen das Doppelte wieder rein.«

Ich reagiere nicht. Wir steigen aus, holen Bella aus dem Kofferraum. Der Wessi guckt mich an, es wurmt ihn, dass ich nicht hin und weg bin.

»Es gibt ein Geheimnis.«

»Wessi, jetzt nimm die Eier von der Heizung!«

»Willst du mein Geheimnis wissen?«

»Jetzt komm mir nicht mit deinem scheiß Billigenergydrink.«

Der Wessi lacht und kniet sich neben seinen pockigen Hund.

»Bella«, sagt er wie ein verliebter Kindergärtner, »sie ist der beste Trainer. Guck mal: Hab ihr die Zähne rausgenommen, weil sie jeden plattgemacht hat. Alter Rambo, ausgedient. Jetzt is sie ne Lehrerin.«

Und dann zieht der Wessi zum Beweis die Lefzen von Bella hoch. So was hab ich noch nie gesehen, so was will ich nie wieder sehen. Abgesägte Zähne. Bellas gesundes Hunde-gebiss, das keinen Zentimeter über ihrem rosa Hundezahn-fleisch einfach endet. Weiße Stummel mit schwarzem Kern. Ich kann sofort den Schmerz fühlen. Ich denke an Zahnarzt, Wurzelbehandlung, Zange und Bohrer und nehme das alles mal tausend. Er hat ihr die Zähne rausgeflext, so wahnsinnig kann nur ein Wessi sein. Ich habe nie etwas Perverseres ge-sehen, auf so eine Idee muss man erst mal kommen. Zähne abzuflexen, ich frage mich, wie er das gemacht hat, aber dann wird mir schlecht.

»Damit sie ihre Schüler nicht totmacht, verstehste? Nach drei, vier Kämpfen sind sie fit.«

Ich stapfe zwei Schritte vor dem Wessi durch den finstern Wald zurück zur Bahn, zurück zum Containerplatz. Ich bin geschockt, der Wessi merkt das, er rennt hinter mir her und versucht, mir ins Gesicht zu gucken. Aber es ist dunkel und ich drehe mich weg. Die Hunde in den Verschlägen haben sich noch immer nicht beruhigt, man hört noch ihr Bellen, obwohl wir schon tief im Wald sind. Keine Menschenseele hier, da können sich die Hunde auf den Kopf stellen. Ich fin-de, dass Menschen, die Verbrechen begehen, krank und un-glücklich werden müssten. Aber der Wessi grinst und will mir ständig ins Gesicht gucken, weil er sich an meinem Schock weiden will. Er lacht überhaupt viel, der Wessi, ist gut genährt und hat immer Hunger. Er flext Hunden die Zähne aus dem Maul, aber es geht ihm blendend. Ich bleibe stehen und frage: »Wie viele Hunde verkaufst du im Jahr?«

»Zehn, zwanzig!«

»Viel Geld!«, sage ich und der Wessi nickt stolz. »Und mir gibst du hundertfünfzig?«

»Für den Anfang! Außerdem hast du gar nichts gemacht heute!«

»Dein Gelaber hab ich mir angehört!«, sage ich und der Wessi, auf seine joviale Wessi-Art, sagt »Ach« und klopft mir wieder auf der Schulter rum.

Ich liege auf dem Bett und kann nicht schlafen. Ich starre auf das Rollo. Das habe ich einmal angebracht vor zwei Jahren und noch nie habe ich es hochgezogen, es ist immer unten, ich will nicht so viel von da draußen hier drinnen haben. Ich ziehe es hoch und gucke in die Dunkelheit.

Um uns herum Landschaft, die man *Nichts* nennen möchte. Vor allem: Wind. Flaches Land, Rasen, ein paar Krüppeleichen, schief und krank. Kies auf dem Platz, wo das Lager ist, die Wege schlampig asphaltiert. Vier Kilometer weiter gibt es eine Tankstelle, eine Raststätte mit Hotel, dahinter *Kaufland*. Hier direkt gibt es wirklich nichts außer uns. Und natürlich diesen zwei mal acht Meter breiten Streifen Geschwindigkeit. Ich trinke einen halben Tetrapack Wein. Dann kommt der Schlaf.

Das Leben im Container beginnt kurz vor sechs. Klingelt der Wecker, pladdert der Regen aufs Dach, dieseln die Maschinen hoch. Das Flackern des Neonlichts. Kekse, Kaffee, Klamotten. Dann stehe ich im Morgen und rauche.

Plötzlich stellt sich der Wessi zu mir und steckt sich eine Zigarette in den Mund. Ich gebe ihm Feuer. Ein schreiend bunter Bademantel, Badelatschen in der Kälte, der Wessi sieht aus wie eine Comicfigur. Wenn es kein Versehen ist, dann ist es eine geniale Tarnung. Er zieht ein Bündel Geldscheine aus der Bademanteltasche und zupft daran herum.

Ich sage: »Na prima, das hat uns die Wiedervereinigung gebracht, wir machen wieder Geschäfte mit den Nazis.« Und der Wessi lacht und klopft mir auf die Schulter wie ein Kumpel und gibt mir drei Scheine.

»Drei Braune für Brauner.« Er will, dass es jeder sieht, dass wir Kumpels sind, dass wir Geschäfte machen. Aber so läuft das nicht.

»Wessi!«, sage ich und steck die Scheine ein. »Ich steige aus. Es ist so: Ich mach da nicht mit. Das ist nicht richtig, weißt du, für so was kommt man in die Hölle, da will ich nichts mit zu tun haben.«

Das war bisschen dick aufgetragen, bisschen viel Entrüstung, aber das finde ich wirklich: Man kann einem Hund nicht die Zähne wegflexen, das ist krank. Und überhaupt. Hunde für Hundekämpfe züchten, das machen nur Perverse.

Der Wessi nickt. »Und füttern im Januar?«, fragt er und ich schüttele den Kopf und sage: »Fang gar nicht erst damit an. Ende Gelände! Dass ihr Wessis immer verhandeln müsst! Keine Diskussion, Wessi, ich lass mir keine Frikadelle ans Ohr labern, such dir nen anderen, gefälligst.«

Der Wessi klopft mir noch mal auf die Schulter, obwohl wir ja nun wirklich keine Kumpels sind, nicht mal Kollegen in seinem perversen geschäftlichen Sinne, sondern nur als Straßenarbeiter und da ist man sowieso Eremit. Und dann wirft er seine Kippe in eine Pfütze und geht in den Waschcontainer.

Jeden Tag donnern vierzigtausend Fahrzeuge an mir vorbei. Davon ein Viertel LKW, von denen zittert der Boden. Den ganzen Tag allein auf der Kehrmaschine, blinkende Pfeile, gelbe Streifen, Baustellenschilder. Den Rand der Autobahn

fegen, jeden Tag. Fugen in den Beton schneiden und ausbür-
sten, damit die Bahn nicht reißt, wenn Frost ist. Das Kreischen des Trennscheibenschneiders, der Staub, das Klingeln
in den Ohren, das hör ich noch in der Nacht, wie Sirenen.
Vom Herbst bis in den Winter hinein haben wir dieses Jahr
knapp fünfzig Kilometer Fugen in den Beton gesägt, das ist
meine Arbeit. Fünfzig Kilometer, das muss man sich mal auf
der Zunge zergehen lassen. Im Sommer der Staub, die Ab-
gase, die Sonne, die auf dem Schädel brennt. Im Herbst die
Nässe, im Winter die Kälte, die die Haut zerfrisst. Noch dreizehn Tage bis Weihnachten. Noch vierundzwanzig Jahre bis
zur Rente. Ich mach bestimmt nicht jeden Scheiß mit.

Wenn man gesungen sagt

Manchmal hab ich Angst, dass ich auch dumm werde. Jetzt zum Beispiel. Dumm werden kann so schnell gehen, kann aus einem selbst kommen oder weil man vom Fahrrad fällt und sich den Kopf zerschlägt.

Ich hab mich ans Fenster gestellt, schon vor einer Ewigkeit, auf die Straße geguckt und die Zeit vergessen. Es sind Blätter vom Baum gefallen, dunkle, faulige Blätter. Sie sind im Nieselregen müde auf die Straße geklatscht, andere hat der Wind noch ein, zwei Mal hochgewirbelt, und sie torkelten noch ein bisschen über das Kopfsteinpflaster. Sonst nichts. Meine Knie in den Rippen der warmen Heizung. Erst als Willems Wagen in das leere Bild fährt, wache ich auf und bekomme eben diese Angst, auch zu verblöden.

Ich habe keine Ahnung, wie lange ich schon am Fenster stehe, ich sehe mich um und auf die Uhr, es ist halb zwölf. Über eine Stunde habe ich hier gestanden und gestarrt, ohne wirklich zu denken, da kann man schon misstrauisch werden. Und plötzlich ist das Leben wieder da, kommt das Denken zurück in den Kopf. Willem fährt an unserem Haus vorbei und parkt den Wagen in sicherem Abstand. Der Motor läuft noch eine Weile. Es dauert. Der Motor geht aus, die Fahrertür geht auf. Willem ist nicht kleiner geworden, aber es kommt mir so vor, entweder weil ich hier oben stehe und auf ihn runtersehe oder weil er dicker geworden ist oder ich größer. Willem beugt sich noch einmal hinunter zum Fenster seines Wagens, klopft gegen die Scheibe und winkt. Ich kann einen Zipfel langen, blonden Haares durch die Scheibe sehen, das erste Mal, dass ich etwas von der Frau meines großen

Bruders sehe, ein Stück Astrid. Sie bleibt mit dem Kleinen im Wagen sitzen, Willem läuft los und kommt auf unser Haus zu. Vor dem Vorgartentürchen bleibt er stehen, dreht dem Haus den Rücken zu und sieht sich um. Er greift sich in die Jackentasche und holt Zigaretten hervor. Vielleicht bilde ich es mir nur ein, aber es sieht so aus, als atme er tief in diesem Augenblick, tief und mit geschwellter Brust, er legt den Kopf ein bisschen in den Nacken.

Ich stehe über ihm, hier im ersten Stock am Fenster, mit den Kniescheiben in den Heizungsrippen, und er hat keine Ahnung, dass ich ihn beobachte und ein bisschen auslache. Ich bin die Jüngste, drei Jahre jünger als Tom, zwölf Jahre jünger als Willem. Das letzte Mal haben wir uns gesehen, als ich dreizehn war. Willem steckt sich eine Zigarette zwischen die Lippen und raucht. Er sieht die Straße hinab, wahrscheinlich erinnert er sich jetzt. Er war lange nicht hier, sechs Jahre. Er sieht zu seinem Wagen, bläst Rauch in die Luft und prägt sich den Moment ein. Er spielt es nach, denke ich, er hat es irgendwo gesehen, in einem amerikanischen Film oder so – wie ein verlorener Sohn, der nach Jahren nach Hause kommt. Mit Zigarette natürlich, denn inzwischen raucht der verlorene Sohn, die Zeiten haben sich geändert, er ist so was von erwachsen geworden, er hat jetzt ein eigenes Leben, mit Zigaretten, mit Frau und Kind und Kombi, und wenn er zurückkommt, für einen Moment, zurück zu dem Ort, wo er aufgewachsen ist, dann kommt er mit Nostalgie, mit Sich-noch-mal-Umdrehen, mit Tief-Einatmen. Ich lache über meinen großen Bruder und seinen großen Auftritt vor unserem kleinen Vorgarten. Ich sehe ihm gern von hier oben zu, ich erkenne ihn wieder und lache ihn aus. Ich hatte mich an das Fenster gestellt vor gut einer Stunde, weil ich wusste, dass Willem bald kommen würde. Und ich wollte nicht von seinem Klingeln überrascht werden oder davon, dass er einfach vor mir in der Küche steht. Ich wollte ihn sehen, bevor er mich sieht. Das war der Grund: Ich wollte vorbereitet sein.

Willem drückt die Zigarette am Betonpfeiler des Vorgartentürchens aus, sorgfältig, so war er immer. Er geht auf die andere Straßenseite und schmeißt den Stummel in einen Mülleimer. Dann lässt er das Vorgartentürchen offen stehen. Noch ein oder zwei stille Sekunden und ich höre es klingeln. Willem hat noch immer einen Schlüssel zum Haus, das weiß ich. Sicher hat er ihn noch immer an seinem Bund. Aber Willem klingelt. Und ich höre, wie Tom unten durch den Flur springt und »Bsuch, Bsuch« ruft. Das macht er immer, wenn es klingelt.

Seit vorgestern, seit Großmutter tot ist, ist das Fühlen in mir abgestellt. Ich mache alles, was gemacht werden muss. Ich telefoniere und setze Schreiben auf, ich gehe zu den Behörden, zur Kirche, ich organisiere und koche, kümmere mich um Tom, ich schlage fremde Hilfe aus und sage jedem, der mir welche anbietet: »Geht schon, geht schon. Das schaffe ich schon, das schaffe ich doch längst allein. Viel hat sie in der letzten Zeit ja sowieso nicht mehr gemacht.« Denn genauso ist es: Wenn sich der Trubel dieser Tage gelegt hat, wird es sogar weniger Arbeit sein. Ohne Großmutter. Sie wird nicht mehr in der Küche im Weg rumstehen. Ich werde ihr nicht länger jeden Tag in die Augen sehen und so tun müssen, als würde ich das sich ständig wiederholende Gebrabbel aus abgebrochenen und vernuschelten Sätzen verstehen, und ich werde nicht mehr laut »Ach so« sagen müssen. Ich werde nicht mehr fünfunddreißig Minuten brauchen, um mit ihr zum Supermarkt am Ende der Straße zu laufen.

Großmutter war eine verknitterte Erinnerung an die Frau, die Tom und mich und für eine Zeit lang auch Willem damals aufgenommen hatte. Ihr zielloser, wirrer Blick und ihre entzündeten, roten Augen haben nur noch schwach daran erinnert, wie klug sie mal gewesen ist. Als sie das erste Mal morgens in der Küche saß, mit leerem Gesicht und Einkaufstüte auf dem Kopf, habe ich noch gelacht und gehofft, das sei Humor. Da sah sie noch ganz normal aus, nur in ihr drinnen löste sich schon alles auf. Zum Schluss hat man es auch von außen gesehen, ihre empfindliche Papierhaut, wie mager sie geworden war, ihre wirren Blicke, und ich dachte: Wie schnell das alles ging, und wie wenig übrig geblieben ist. Was für eine stolze, schöne Frau sie mal war! Elegant, beherzt, zupackend. Sie hat uns damals kurz entschlossen zu sich genommen, völlig selbstverständlich. Sie hat uns aufgefangen und großgezogen. Sie hat uns ernährt, geliebt und erzogen. Und diese Frau sitzt plötzlich da, brabbelnd und ohne Sprache. Als hilfloses, faltiges Kind, das kein Kind ist, weil ein Kind entdeckt und begreift. Großmutter hat nur noch verloren: Die Übersicht, die Kontrolle. Ich kann verstehen, warum sie oft so verzweifelt und böse war.

Sie war da und am Leben und noch immer eingebunden in die Tage und Abläufe. Sie hatte Aufgaben. Aufgaben, die immer weniger und immer kleiner wurden. Aber erst ganz zum Schluss hat sie aufgehört, den Kaffee zu mahlen, die Kartoffeln zu schälen. Das hat sie gekonnt und mit Hingabe gemacht. Solange sie laufen konnte, musste sie durch jede Tür gehen und ständig alle Schubladen auf- und zumachen, die Fenster öffnen und schließen in einer Schildkrötenlangsamkeit. Jeden Morgen saß sie in der Küche und las die Zeitung, das heißt, sie hielt sie in der Hand, oft falsch herum. Und immer wollte sie nach Hause, und wenn ich ihr sagte, sie sei zu Hause, kniff sie die Augen zusammen und schüttelte den Kopf. Es arbeitete in ihr, sie versuchte, die Verstörung zu verbergen, schwitzte, bekam einen panischen Blick. Und meistens sagte sie dann: »Hauptsache, ich habe einen Platz zum Schlafen.« Und wollte fünf Minuten später wieder nach Hause.

Es sind ihre Pläne, die im ganzen Haus verteilt hängen. Unsere Tage laufen in ihrem Takt. Aufstehen, Frühstück, Waschen, Kochen, Schlafen, alles zu festen Zeiten, seit ich klein bin.

»Der Tom, der braucht Struktur!«, hat sie gesagt. Und heute kommt es mir vor, als hätte sie etwas geahnt, als hätte sie alles für sich selbst vorbereitet. Das Haus: Treppensicherung, rutschfeste Böden, Haltegriffe im Bad, bewegungsgesteuerte Lichtschalter, rutschfeste Unterlagen auf dem Tisch, Kunststoffgeschirr. Unsere Ordnung ist ihre Ordnung. In der Küche hängt noch immer der Putzplan, den sie vor Jahren aufhängt hat, die Tagespläne habe ich inzwischen neu gemacht, aber nach ihrem Vorbild. Übersichtlich steht dort, wann ich Tom wo abholen oder hinbringen muss, wann wer kommt, um ihn zu holen oder Großmutter zu pflegen, wann ich einkaufe und was. Die Buchhaltung, das Kochen, Großmutters Schule.

Sie war da, wie immer schon, nur unwichtig, ohne Funktion, sozusagen. Ihre bloße Präsenz reichte, um alle alten Spielregeln aufrechtzuerhalten. Mich wundert, dass wir keine der Gewohnheiten infrage gestellt haben, obwohl Großmutter nichts von dem verstand, was wirklich passierte. Wir rannten wie früher, wie immer, durch den Flur, und Tom sagte jedes Mal in der Küche: »Nein, Elli, nein!«, auch wenn es schon Jahre her war, dass Großmutter das zum letzten Mal gesagt hatte. Seit Toms Unfall war das Rennen im Haus verboten, darauf hat Großmutter immer bestanden, wegen der

Verletzungsgefahr, aber gerade deshalb haben wir es immer getan. So geht das Spiel: Tom wird gejagt und muss es in die Küche schaffen, ohne dass man ihn kriegt, denn da steht Großmutter und verbietet das Rennen. Wir aßen ihr Essen, ich kochte ihre Rezepte, Nudelsuppe, Kohlrouladen, Wurzelgemüse. Nur ganz selten gab es Pommes, die wir uns immer noch heimlich machten, und nur, wenn Großmutter nicht da war, wenn der Pfleger sie am Donnerstag holte, oder früher, wenn sie unterwegs war bei Freunden, zu Ausstellungen oder bei ihrer Schwester. Danach lüftete ich den Rest des Tages, wie früher, um nicht erwischt zu werden, als ob Großmutter noch was zu sagen gehabt hätte.

Es war ein langer Abschied. Ich konnte ihr dabei zusehen, wie sie Tag für Tag aus sich selbst herausgetröpfelt ist, immer weniger wurde. Manchmal, immer seltener, war sie noch die Frau, die uns großgezogen hatte, aber abends, vor allem abends, war sie jemand, den ich nicht mehr kannte. Mag sein, dass ein langer Abschied am Ende weniger schmerzhaft ist. Ich habe mich darauf vorbereiten können. Plötzlich kommt der Moment dann doch. So plötzlich, dass ich nichts fühle, obwohl ich ahne, wie es sein wird. Ich sehe mich schon in der Stille der Küche sitzen und weinen, sehe mich das Radio einschalten, um ein Geräusch im Ohr zu haben, das ihr Gebrabbel ersetzt. Ich weiß: Ich werde in den Nächten an sie denken und überlegen, was ich ihr noch alles gern gesagt hätte. Sie wird fehlen, ich weiß. So ist das, ich kann es mir vorstellen, schon jetzt, wo das Gefühl noch abgestellt ist. Das ist so, wie wenn man einen Nagel in ein Brett schlagen will und ihn verfehlt und sich mit dem Hammer auf den Finger schlägt und eine halbe Sekunde lang gar nichts spürt, nur den dumpfen Aufprall, aber sofort die Bilder im Kopf hat: Von einem dicken, blauen Finger, von zerschmetterten Knochen, von einem Verband und abgelöstem Nagel. Man weiß, was kommt, bevor man den eigentlichen Schmerz spürt.

Ich habe keine Erinnerungen an diesen Tag, aber Großmutter hat erzählt, dass unsere Eltern uns zu ihr gebracht hatten, weil sie ins Theater wollten. Wir blieben dann einfach bei ihr, bei Großmutter, weil unsere Eltern nicht zurückkamen. Ein Falschabbieger rammte das Auto meiner Eltern und schleuderte sie gegen ein Brückengeländer. Den Aufprall haben sie nicht überlebt. Soweit ich weiß, waren beide auf der Stelle tot. Von einem Augenblick auf den anderen.

Nach dem Frühstück am nächsten Tag hat Großmutter jedem von uns ein Notizbuch geschenkt und uns Stifte gegeben. Wir sollten malen, auf was wir uns freuten und was wir in der nächsten Zeit machen wollten. In meinem Buch sind nur verschiedenfarbige Kringel und Striche, manchmal kann man ein Gesicht vermuten, mehr ist nicht zu erkennen, ich war drei Jahre alt, als meine Eltern starben. Aber Tom war schon in der ersten Klasse, damals war er noch normal, er hat ein paar Buchstaben in sein Buch gemalt. *Zoo*, steht da, *Pirat, Schwimmbad.*

Ich hatte Martin gewollt. Oder besser: Ich wollte Martin wollen. Ich dachte, es sei an der Zeit, sich endlich zu verlieben. Ich hatte schon vorher Typen, aber ich wollte einen Freund, einen richtigen. Und dafür hatte ich mir Martin ausgesucht, das ist inzwischen fast ein Jahr her. Martin passte zu mir, hatte ich beschlossen, ich mochte ihn. Zwei Mal sind wir zusammen ins Kino, dann hat er mich zu sich eingeladen, wir haben ein paar Stunden in seinem Zimmer gehockt und uns unterhalten, sind ganz vorsichtig immer näher gerückt, dann habe ich ihn geküsst. Ich weiß noch, wie ich hüpfend nach

Hause gerannt bin, obwohl ich eigentlich gar nicht verliebt war. Ich wollte aber verliebt sein, und deshalb bin ich gehüpft, ich dachte, dass man das dann eben so macht. Beim nächsten Mal haben wir kaum geredet, nur geknutscht. Und dann war es so weit, dass ich ihn zu mir einlud. Der Erste, den ich einlud, weil oder obwohl ich ihn küsste. Es war dann auch gleich unser letztes Treffen, danach haben wir kaum mehr miteinander geredet. Wir saßen in unserem grünen Garten, es wurde langsam Abend, Grillen, Mücken, T-Shirt-Wetter, eigentlich perfekt. Ich hatte es aber schon im Gefühl, dass aus uns nichts werden würde. Martin war komisch, er küsste komisch, er sah sich ständig um. Aber ich wollte den Moment genießen, wollte einfach weitermachen, auch wenn Martin vielleicht doch nicht der Richtige wäre.

Und dann hat Tom sich zu uns gestellt und uns zugeguckt. Er hat sich langsam rangeschlichen. Erst stand er an der Kellertür und sah zu uns rüber, dann ist er immer näher gekommen, bis seine Nase schließlich nur noch Zentimeter von meinem Gesicht entfernt war. Er hat leise gegrummelt, die Augen zusammengekniffen und die Nase gerümpft, das macht er immer, wenn er neugierig ist und sich konzentriert. Sieht besonders dämlich aus. Ich kann verstehen, dass Martin irritiert war. Aber Tom genauso: Es hat ihn eben interessiert. Was wir da machten, kannte er nicht. Küssen, hat er so noch nie gesehen bei seiner kleinen Schwester, vielleicht dachte er, dass wir uns in die Köpfe beißen. Das habe ich Martin dann auch gesagt, und er hat rumgedruckst und gemeint, dass er nichts gegen Behinderte habe und so weiter, aber dass er sich nicht gern beim Knutschen zugucken ließe. Also habe ich Martin an der Hand genommen und ihn in mein Zimmer mitgenommen. Wir haben uns auf mein Bett gesetzt und weitergeknutscht, allerdings nur kurz, dann musste Martin los. Ich habe mein T-Shirt ausgezogen, und Martin stand kurz in der Tür und guckte seine Schuhe an.

»Wirklich. Muss los«, sagte er.

»Na klar«, sagte ich, »wollt dir zum Abschied auch nur kurz meine Titten zeigen. Machs gut, Martin! «

Erst war ich stolz auf den Satz, dann habe ich mich sehr geschämt, heute finde ich ihn wieder gut. Wir haben uns jedenfalls nicht mehr beieinander gemeldet und in der Schule sind wir uns aus dem Weg gegangen.

Ich weiß noch, wie es begonnen hat, wie Pfannkuchentag war und Großmutter in der Küche stand und Unmengen von Vollkornmehl mit einem einzigen Ei zu verrühren versuchte und böse wurde, weil kein Teig entstand. Wie sie wieder und wieder den Schlüssel verlegte und Tom beschuldigte. Wie sie mit einer riesigen Beule im Wagen vorfuhr und erst alles leugnete, dann behauptete, ein Fremder habe sie angefahren und sei geflohen, bis schließlich die Polizei vor der Tür stand und der Arzt ihr die Fahrerlaubnis entzog. Später saß sie nur noch stundenlang vor dem Fenster oder vor einer Wand und starrte. Ich habe ihr Fotos in die Hand gedrückt, Musik angemacht, sie massiert und ihr Mobiles vor die Nase gehängt. Sie hat mich genervt, wenn sie da saß. Ich hatte das Gefühl, dass sie es sich selbst übel nahm, dass sie verblödet war. Sie war sehr oft wütend. Das war sie früher nie. Es ist mit der Dummheit gekommen. Zunächst hat sie sich noch dagegen gewehrt, dass ihr Hirn sich einfach nicht erinnern konnte. Wenn sie gefragt wurde, wie alt sie ist, sagte sie: »Ich bin 1918 bei Kiel geboren, rechnen Sie es sich doch selbst aus.« Später wusste sie nicht mehr, wann sie geboren worden war, wusste nicht mehr, womit sie früher gerne Zeit verbracht hatte, was ein Buch war, eine Stricknadel, ein Fotoapparat. Irgendwann wusste sie nicht mehr, was das Gefühl in ihrem Bauch war und vergaß zu essen, und wenn man sie fütterte, vergaß sie zu kauen und zu schlucken.

Ich wusste, dass sie sterben würde und deshalb hatte ich mich darauf vorbereitet. Ich hatte mich informiert über Sorgerecht, Erbrecht, staatliche Unterstützung. Ich habe Bestattungsgesetze, Friedhofsgesetze, Leichenverordnungen zusammengetragen und gelesen, ich habe Listen gemacht und Kosten kalkuliert. Sterben ist teuer. Alles kostet Gebühren, es gibt Bestattungsgrundgebühren, Grabnutzungsgebühren, Aufbewahrungsgebühren, Überführungskosten, Gebühren für Behörden, Kirche, Benutzung der Friedhofseinrichtungen, Einäscherung und Urnenbeisetzung. Es ist nicht angenehm, Gesetzestexte zu lesen, und es ist erst recht nicht angenehm, Gesetzestexte über den Tod zu lesen. Aber noch unangenehmer ist es, kopflos und ausgeliefert zu sein. Ich wollte vorbereitet sein. Als meine Eltern starben, war ich viel zu klein. Ich wollte sichergehen. Es geht auch um Tom.

Ich finde es erstaunlich, wie unaufgeregt, wie sicher und geregelt alles schien, mein ganzes Leben lang. Egal was auch passiert ist, es ging immer weiter, immer war Großmutter da und hat uns gesagt, was zu tun ist, hat mit den Schultern gezuckt und gesagt: »Jammern füllt keine Kammern.« Wie es uns auch durchgeschüttelt hat, durch den Tod unserer Eltern oder Toms Unfall, es gab immer eine Sicherung, ein Netz, das uns aufgefangen hat. Großmutters Ideen, ihre Disziplin, ihre Art, immer auf dem Teppich zu bleiben. Eine Tasse Bohnenkaffee und weiter.

Nach der Sache mit Tom war auch Großmutter eine ganze Zeit lang angeschlagen, sie hat sich Vorwürfe gemacht, da bin ich sicher. Alles lief weiter, natürlich, es gab Pläne, aber Großmutter war stiller, knurriger. Aber dann hat sie eines Abends einfach entschieden, auch diese Situation hinzunehmen, sie anzunehmen. »Ruhige See macht keinen guten Segler«, sagte Großmutter. Ich weiß noch, wie sie da stand, neben mir, ich reichte ihr das nasse Geschirr, das sie trocknete und plötzlich hielt sie inne und sah mich an, sekundenlang und dann sagte sie, das werde ich nie vergessen: »Das klappt schon, mit dem Leben, Elisabeth. Man muss nur immer was vorhaben.«

Es hat geklappt, wir sind durchgekommen. Aber jetzt ist sie plötzlich weg und wir sind allein. Meine beiden großen Brüder und ich. Und wieder ist alles in Bewegung, dreht sich, kreiselt. Ich taumele, auch wenn ich weiß: ich schaffe das, ich habe viel vor.

Kaum zu glauben, dass es erst zweieinhalb Tage her ist. Vorgestern Nachmittag nach der Schule auf dem Weg nach Hause, ich denke lauter Kleinigkeiten, mache im Kopf eine Einkaufsliste, einen Zeitplan für den Tag, überlege, welche Hausaufgaben ich mache und welche nicht, überlege, was heute noch gegessen werden sollte und was sich noch länger hält. Zwischendurch muss ich immer wieder halblaut eine Melodie summen, eine kleine Tonfolge, die mir nicht aus dem Kopf geht, ich kenne den Text nicht mal. Keine Ahnung, was das für ein Lied ist, aber es nervt mich und ich hole schon, als ich gerade erst in unsere Straße biege, den Schlüssel aus der Tasche, um damit so laut zu klimpern, dass ich meinen Ohrwurm übertöne. Wenn die Nachbarn mich jetzt sehen, summend und laut klimpernd, dann denken sie: Jetzt hat es die Elisabeth auch noch erwischt. Ich laufe die Straße entlang und auf unser Haus zu. Ich stecke den Schlüssel in das Schloss, ziehe ein bisschen am Griff, dann drücke ich, die Tür geht auf und vor mir steht, ohne Vorwarnung: Tom. Er wartet offensichtlich auf mich. Er steht auf der Schwelle und sieht mich ernst an. Er hat die Hose offen, hält die Unterhose nach unten gezogen und zeigt mir seinen Pimmel. Er guckt mir fest und konzentriert in die Augen. Das macht Tom immer so, wenn er aufgeregt ist. Er ist als kleiner Junge, sieben Jahre ungefähr, die Treppe runtergefallen, und irgendwas in seinem Kopf ist damals kaputt gegangen, wegen der Schwellungen oder so. Ischämie. Unterversorgung des Hirns mit Sauerstoff.

Ich kann mich an den Vorfall nicht erinnern. Aber früher hat Großmutter oft davon erzählt, vor allem Tom hat sie es erzählt. Dann hat sie seinen Kopf gestreichelt, die Narben, und gesagt, dass es ihr leidtut, dass sie nicht besser aufgepasst hat. Das meinte sie sehr ernst, glaube ich, auch wenn sie dabei immer fröhlich klang und gelächelt hat: »Aber bist ja unser Tom.« Wir hätten unten an der Treppe gespielt und sie habe in der Küche gestanden und gekocht. Wir seien dann, ohne dass sie es gemerkt habe, die Treppe hinauf und hätten oben rumgeturnt. Und dann habe sie es laut poltern hören. »Dieses Rumpeln, das werde ich nie vergessen, nie. Und wie ich sofort wusste: Da ist was Schlimmes passiert.« Dann habe sie mein Schreien gehört und sei ganz langsam, ganz vorsichtig, mit weichen Beinen aus der Küche in den Flur gegangen. Schritt für Schritt. Ich stand oben am Treppenabsatz, mit einem kleinen Spielzeugkran in der Hand, und habe erst geschrien und dann geweint. Tom lag auf einer der unteren Stufen, erzählte Großmutter, und habe keinen Ton von sich gegeben, es sei Blut aus seinem zerbrochenen Gesicht gelaufen und er sei bewusstlos gewesen, so hat sie es immer erzählt.

Nachdem ich Tom lange genug in die Augen geguckt habe, seufzt er, nickt und packt seinen Pimmel wieder ein. Dann macht er die Hose zu, nimmt mich in den Arm und sagt so ernst er kann: »Elli, Elli.« Das ist mein Name und gleichzeitig ist er es nicht, denn wenn Tom »Elli, Elli« sagt, dann meint er mich damit nur ganz weit in der Ferne. »Elli, Elli«, Tom sagt das den ganzen Tag lang, wie ein Mantra. Wie das einzige Mantra, das er sagen kann oder wie das einzige, das hilft, bestimmt dreihundert Mal am Tag: »Elli, Elli.« Das kann einen verrückt machen an manchen Tagen, aber eigentlich finde ich es nett: Den eigenen Namen als Beruhigungsmelodie gesungen zu bekommen. Ja, wenn man gesungen sagt, hört es sich gleich freundlicher an.

Tom sagt »Elli, Elli«, packt mich am Arm und zieht mich ins Wohnzimmer. Da sitzt Großmutter in ihrem Sessel. Vor ihr läuft der Fernseher, aber sie redet nicht wie sonst. Ich weiß nicht mehr genau, wann das angefangen hat. Irgendwann hat sie den Fernseher, die Stimmen, die Gesichter für Menschen gehalten, die in ihrem Wohnzimmer sitzen und sich mit ihr unterhalten und sie sich mit ihnen, sie hat unzusammenhängende Worte aufgesagt, so wie sie ihr durch den Kopf gingen und immer hat sie beim Fernsehen an ihrer Bluse gezupft, das war eine Art Beschäftigung, die ihr irgendwie wichtig war. Zum Glück war sie nicht kräftig genug, den Stoff zu zerreißen, wir hätten ständig neue Sachen kaufen müssen. Manchmal hat sie einen Knopf abbekommen und ihn sich in den Mund gesteckt, deshalb habe ich die Knöpfe mit Angelsehne angenäht, so fest es ging. Es war nicht aus ihr rauszubekommen, was sie meinte, da zu tun, manchmal ist sie richtig darin versunken, da gab es keinen Zugang mehr zu ihr.

Jetzt brabbelt sie nicht, sie zupft nicht an ihrer Bluse. Sie sitzt nur. Den Blick starr zur Decke, der Mund offen. Tom steht neben mir, lacht laut in mein Ohr. Großmutter atmet nicht, schläft nicht. Ihre Papierhaut, weiß und dünn, sie sieht aus wie ein hässliches, verschrumpeltes Püppchen, den Kopf im Nacken. Mit ihren eingefallenen Lippen, den geröteten Augen. Ich stehe nur da und denke: Jetzt. Es ist so weit. Jetzt also. Und ich weiß sofort, was zu tun ist. Das ist mein erster Gedanke: Wie geht es jetzt weiter. Kein Chaos, keine Panik, kein Drama. Der Fernseher dudelt, Tom lacht und lacht, er brüllt fast und klopft mir auf der Schulter rum. Er ist völlig durch den Wind. Ich nehme ihn in den Arm und drücke so fest ich kann, und Tom lacht weiter, ich drücke und sage »Elli, Elli!«, und Tom sagt »Elli, Elli«, wie das Einzige, was hilft. Ich finde, ich sollte weinen, aber es passiert nicht, ich weiß nicht, woher ich die Tränen nehmen soll. Ich fasse Tom bei den Schultern. »Tom«, sage ich, »ich muss hoch, telefonieren. Passt du auf hier unten, ja?«

Sein Mund bleibt wabbelig und dumm, aber er strengt seine Augen an und guckt ernst, Aufpassen ist sein Ding.

»Elli, Elli«, sagt er. Das bedeutet: Ja.

Er ist ruhig. Aber sobald ich auf der Treppe bin, höre ich ihn wieder lachen. Ein bisschen anders ist es jetzt doch, etwas fühlt sich anders an, meine Füße sind leichter, mein Magen ist hohl, überhaupt: Ich bin leer, ganz leicht, wie schwebend. Ich gehe zum Schreibtisch, hole die Telefonliste. Ich bin vorbereitet. Auf der Liste ist die Reihenfolge aller Leute, die ich anrufen muss, festgelegt, alle wichtigen Nummern sind notiert. Ich rufe zuerst den Arzt an. Dann ein Bestattungsunternehmen, dann die Diakonie. Ich mache das. Großmutters Disziplin. Bleib auf dem Teppich, Elisabeth. Alles kein Problem, ich bin gefasst und nüchtern. Erst bei der letzten Nummer auf der Liste muss ich eine Pause machen. Ich stehe auf und schließe die Tür, weil Tom immer noch Radau macht. Es klingt, als würde er gegen die Wände schlagen, rumspringen, mit sich selbst um die Wette rennen. Dann setze ich mich hin und atme tief. Ich wähle Willems Nummer. Es klingelt zwei Mal, dann nimmt Willem ab. Ich erkenne seine Stimme sofort. Ich sage Willem, er habe sich lange genug nicht blicken lassen und jetzt sei es halt mal wieder Zeit, weil Großmutter tot im Wohnzimmer sitzt. Willem sagt erst nichts und dann:

»Elli, ich kann hier jetzt nicht weg, verstehst du das? Astrid und ich haben vorgestern einen Jungen bekommen.«

Ich schlucke und sage: »Du kannst ihn ja mitbringen, den Kleinen, aber herkommen musst du wohl, Großmutter ist auch deine Mutter.« Ja, sie war vielleicht am wenigsten seine Mutter und sie haben sich am Ende nur noch gestritten, aber sie war auch seine Mutter. »Sie ist auch deine Großmutter«, sage ich, »wenn du jetzt nicht kommen willst, wann dann?«

Willem kommt also. Willem, der sich jahrelang nicht hat blicken lassen, kommt und bringt seine neue, kleine Familie mit. »Jedes Problem hat ein Geschenk in der Hand«, hat Großmutter immer gesagt.

Woran ich mich erinnern kann, ist die Zeit nach Toms Unfall, in der wir ihn oft im Krankenhaus besucht haben. Dass mein großer Bruder plötzlich ein anderer war, dumm und ohne Verstand. Ich kann mich an den ersten Spaziergang erinnern, Tom hat noch im Rollstuhl gesessen und keiner hat etwas gesagt, das einzige Geräusch war der Rollstuhl und unsere Schritte auf dem Rollsplitt und Großmutters Weinen. Ich weiß noch, dass ich einen Rock anhatte und Lackschuhe, denn ich habe nur auf meine Füße gesehen und Großmutters Weinen gelauscht, das hatte ich noch nie gehört. Ich erinnere mich, dass ich Angst hatte, dass ich ahnte, dass etwas kaputt gegangen war. Dass man es nicht würde wiederherstellen können. Dass etwas zu Ende gegangen war, um das Großmutter trauerte. Ich glaube nicht, dass ich begriff, was.

Ich löse meine Augen von der Straße, ziehe die Knie aus den Rippen der Heizung und gehe die Treppe hinunter. Tom hat die Tür schon aufgerissen und umarmt Willems Kopf und küsst ihn auf die Nase. Wenn die beiden nebeneinander stehen, kann man nicht glauben, dass sie Brüder sind. Willem ist klein und dick und hat wenig Haare und sieht aus wie ein echter deutscher Ehemann, Tom dagegen ist lang und dünn und hat volles Haar, viele Locken und er sabbert und ist natürlich nicht so beherrscht wie Willem. Aber dann merkt man es doch: Willem wischt sich ohne mit der Wimper zu zucken, lachend und so beiläufig Toms Sabber aus dem Gesicht, wie man es nur kann, wenn man Toms Bruder oder Schwester ist. Dann knufft er Tom lässig in die Seite, schmeißt die Arme in die Luft und jagt Tom in die Küche.

Tom schreit wie am Spieß, wie immer, wenn er verfolgt wird, und kriegt sich nicht mehr ein vor Lachen. Ich höre Toms kehliges Lachen, weil er gewonnen hat, und wie er laut und ernst sagt:

»Nein, Willem, nein!«

Willem kommt zurück und nimmt mich in den Arm. »Elli«, sagt er. Nur einmal Elli. Hat er lange nicht gesagt, sechs Jahre vielleicht. Aber er kann es noch. Es hört sich an wie früher.

»Wo ist denn Astrid?«, frage ich.

»Ach, die wartet noch im Wagen«, sagt Willem.

»Wieso wartet die im Wagen?«, frage ich und Willem sagt nichts und hinter ihm sehe ich, dass Tom sich leise anschleicht.

»Worauf wartet die denn da? Darauf, dass du das hier kurz regelst und ihr dann wieder fahren könnt, oder was?«

»Mann, Elli, wegen dem Kleinen.«

»Des Kleinen.«

»Was?«

»Wegen des Kleinen. Genitiv.«

»Elli, echt«, sagt Willem und es ist still für einen Moment

und hinter Willem laufen zwei Jungs die Straße entlang, der eine von ihnen spuckt und es ist so still, ich höre sein Rotzen.

»Was ist denn mit dem Kleinen?«

»Na nur, dass ich erst mal Tom begrüße, ganz in Ruhe und so«, sagt Willem.

»Weil sie Angst vor dem Behinderten hat, oder was?«, sage ich. »Weil sie ein Problem mit dem Behinderten hat. Warum kommt sie dann überhaupt hierher, wenn sie so ein Problem mit dem Behinderten hat!« Den letzten Satz schreie ich fast und hoffe, dass Astrid ihr Fenster ein bisschen auf hat und es hört. Die Spuckjungen haben es gehört, sie lachen und zucken komisch mit den Armen, machen einen Spastiker nach.

»Es reicht, Elli«, Willems Ton ist jetzt schärfer, »mach hier jetzt nicht so einen Aufstand.« Und er dreht sich um und schmeißt die Arme in die Luft und jagt Tom wieder in die Küche. Ich höre das Getrampel der abbremsenden Schritte, Toms dummes, lautes Lachen und dann höre ich es ihn sagen, so ernst er kann: »Nein, Willem! Nein!«

Und genau in diesem Moment wird das Gefühl wieder angestellt in mir. Plötzlich merke ich, wie ich in mir drin umkippe, wie wenn es mir die Beine wegschlägt, so ein Sog, tief unten im Bauch. Ich sehe Großmutters fahles, totes Gesicht vor mir, ihre kleine, alte Hand, die mich nie mehr anfasst, streichelt, haut. Sie ist einfach weg, sie fehlt. Es tickt in mir, es pulsiert, eine Wut, ich schlage mit der flachen Hand an die Tür, dass es klatscht und die Haut brennt, ich schreie, ich kreische fast: »Verdammt, hör auf mit dem Schwachsinn, du Idiot, sie ist nicht mehr da, Tom. Mama ist tot, schnallst du das nicht?«

Dann kommen die Tränen und dann kommt Willem, nimmt mich wieder in den Arm und sagt: »Elli.«

An Toms sechzehnten Geburtstag erinnere ich mich gut. Er wollte unbedingt Lotto spielen, weil alle im Lottofieber waren, der Jackpot war riesig, 15 Millionen. Er wollte unbedingt aufstehen und rausgehen zu irgendeiner Bude und seinen Tipp abgeben. Ich weiß gar nicht, wo er die Idee herhatte, aber irgendwer muss ihm erzählt haben, dass man sechs Zahlen braucht und damit einen Schatz gewinnen kann. Ich fand es lustig und wollte auch Lotto spielen und Großmutter war genervt und gekränkt, dass keiner ihren Geburtstagskäsekuchen aß und alle unruhig waren. Tom quengelte und kippelte auf seinem Stuhl hin und her, stand ständig auf und holte Schuhe, Jacke und Handschuhe. Ab und zu brüllte er mitten in die Stille hinein »Lotto« und lachte sich danach schlapp, weil wir so erschreckt waren. Und irgendwann ist es aus Großmutter rausgeplatzt, vor Wut, da schrie sie: »Lotto, so ein Schwachsinn, Lotto, das ist Unsinn, eine massenhafte Unbedachtheit!« Sie schrie, Millionen würden die Gewinne Einzelner bezahlen und sogar darum wissen und es trotzdem tun, Woche für Woche, die Idioten, getrieben von Wunschdenken, unbeherrschbarem Wunschdenken, das der Vernunft widerspreche. Tom saß, kippelte und abwechselnd grinste er selig und blubberte kleine Spuckeblasen mit seinem immerfeuchten Sabbermund. Ich erinnere mich genau an ihre Worte. Oder meine, mich zu erinnern. Ich sehe ihr aufgebrachtes Gesicht sehr nah vor mir, die Spucke, die aus ihrem Mund flog und die Entschlossenheit in ihren Augen, die zitternden Hände. Ich sehe sie und frage mich, ob ich wirklich so nah bei ihr war. Ich halte es für unwahrscheinlich.

Später sitzen wir zusammen in der Küche am Tisch. Willem und ich auf Stühlen, und Tom auf Willem. Er fummelt Willem im Gesicht rum, aber Willem kann trotzdem ernst sein, wenn er mit mir redet. Das kann er noch, so was verlernt man nicht. Früher haben wir uns manchmal angeschrien und Tom ist dann zwischen uns hin und her gelaufen und hat uns schenken wollen, was er gerade in die Finger bekam auf dem Weg vom einen zum anderen, eine Socke oder eine Kerze, ein Buch oder eine Topfpflanze, ganz egal. Wir brüllten uns an und Tom torkelte zwischen uns hin und her und sah einen an, hielt einem einen Pantoffel unter die Nase, lächelte und sagte: »Oh, schön!« Das war seine Art, uns zu beruhigen, den Streit zu schlichten: »Oh, schön! Elli, Elli.«

Willem nimmt meine Hand und sieht mir freundlich in die Augen. Er streichelt mir die Finger und seufzt und versucht ein Lächeln. Tom drückt ihm seine Nase gegen die Stirn, und Willem kaut ein bisschen an Toms Oberarm und Tom lacht deswegen und wirft seinen Kopf so in den Nacken, dass Willem ihn halten muss, damit er nicht vom Stuhl fällt.

»Na, wie ist es, wieder hier zu sein?«, ich bin süffisant, »kann mich kaum noch an dich erinnern.«

»Elli, ich bin so stolz auf dich, wie du das alles hier gemanagt hast, so ganz alleine.« Er blickt sich demonstrativ um, was keinen Sinn macht, was will er denn sehen. Wie ich alles in Schuss gehalten habe seit vorgestern, seit Großmutter tot ist? Hätte er mir gar nicht zugetraut, kennt mich nur dreizehnjährig und von ein paar Telefonaten seitdem. Aber er sagt es freundlich, aufmunternd, er meint es ehrlich: Er ist stolz auf die Dreizehnjährige in mir. Er hätte es genauso gemacht.

»Warum hast du Astrid mitgebracht, wenn sie sich nicht reintraut?«

»Elli, die Geburt ist zwei Tage her, ich konnte sie nicht alleine lassen.«

»Also traut sie sich wirklich nicht rein!«

»Natürlich traut sie sich rein, sie – Elli, das ist meine Schuld, ich hatte ihr nicht ...«, er sieht mich an, »ich hatte ihr nicht von Tom erzählt.«

Da ist es raus.

»Und ist doch klar – wenn man das nicht kennt und damit nicht gerechnet hat und so, dass man dann eben, vielleicht ... lieber erst mal vorsichtig ist.«

»Wie heißt er eigentlich?«, frage ich.

»Wer?«, fragt Willem.

Und Tom plappert es nach: »Wer, Elli, Elli.«

Und ich sage: »Willst du Zeit gewinnen, oder was soll das?«

»Luka«, sagt Willem.

»Aha«, sage ich und: »Ist er gesund?«

»Ja«, sagt Willem. Er guckt auf die Uhr und ich weiß nicht warum und ich wette, dass er es auch nicht weiß.

»Vielleicht kann ich ihn ja mal sehen«, sage ich.

»Ja«, sagt Willem, »stimmt, ich geh sie mal holen.«

Nach ein paar Wochen im Krankenhaus kam Tom zurück nach Hause. Ich weiß noch, dass Großmutter sagte, ich müsse vorsichtig mit ihm sein, ich solle aufpassen. Sie hat mit mir geschimpft, wenn ich durch den Flur rannte. Damals hat sie das ganze Haus umgebaut, die Böden austauschen lassen, das Treppengitter angebracht. Und ich erinnere mich, dass ich nicht mehr mit Tom spielen wollte. Tom wollte spielen, die ganze Zeit spielen, er wollte rangeln, kuscheln, Fangen spielen. Er war größer und stärker als ich und weil er es witzig fand, legte er sich auf mich und lachte und sabberte und ich konnte mich kaum wehren.

Ich erinnere mich, dass ich Angst hatte, vor ihm und um ihn. Ich machte mir Sorgen, ich passte auf ihn auf, aber ich wollte nichts mit ihm zu tun haben. Tom war beschädigt und er hatte uns alle mitbeschädigt. Seit Tom zurück war, war ich ernster. Aber das denke ich heute.

Tom und ich bleiben in der Küche sitzen und warten. Wir sehen uns in die Augen. Es beruhigt uns beide, wenn wir uns in die Augen sehen, das machen wir schon immer so. Gucken uns in die Augen, so lange wie, man sonst nie einem Menschen in die Augen sehen würde. Und ich denke, dass ich ungerecht bin und dass ich nicht so feindselig sein kann gegen Astrid, nur weil Großmutter gestorben ist. Ich kenne Astrid gar nicht. Also stehe ich auf und gehe zur Tür, atme tief durch und ziehe die Tür weit auf. Sie stehen noch beim Auto und kramen Taschen aus dem Kofferraum. Dann kommen sie mir entgegen. Willem trägt zwei Taschen. Ich bin mir sicher: Mit Babyzeug, Windeln und Flaschen und Decken und Öl und allem. Astrid ist zierlich und blond, sie trägt eine Brille und lächelt nervös. Eine unsichere Grundschullehrerin, denke ich, wahrscheinlich noch im Referendariat, ich kann sie mir vorstellen, vor einer lärmenden Klasse kleiner Quäker, überfordert, genervt, mit dünner Stimme. Den Jungen hat sie sich vor den Bauch gebunden. So sieht Astrid also aus, eigentlich ganz freundlich. Wie eine übereifrige junge Mutter eben. An der Tür ist es dann komisch, weil wir nicht wissen, wie wir uns begrüßen sollen. Schließlich geben wir uns die Hand und sehen uns flüchtig in die Augen.

»Astrid«, sagt Astrid.

»Elisabeth«, sage ich, »kommt doch rein.«

Sie gehen an mir vorbei in den Vorflur, bewegen sich umständlich, stellen ihre ganzen Sachen ab und auch wenn Astrid so tut, als wäre sie mit Schuheausziehen und Zu-Boden-Gucken beschäftigt, sehe ich sie nervös umherblicken. Sie will hier nicht sein, ich weiß, sie hat Angst, sie fühlt sich nicht wohl. Als sie ihre Schuhe übertrieben langsam ausgezogen, Willem die Taschen schon längst abgestellt und ihr die Jacke ausgezogen hat, muss Astrid den Kopf wieder hochnehmen und kann meine Blicke nicht länger ignorieren.

Sie lächelt und sagt: »Ja, das ist der Luka.«

»Aha«, sage ich, »hab gehört, er ist gesund.«

»Ja«, sagt Astrid, »gesund und kräftig.«

»Na ja«, sage ich, »man kann nie wissen, man muss vorsichtig sein.«

Astrid lacht, als hätte ich einen Witz gemacht und in ihr Lachen hinein sagt Willem:

»Elli, wollen wir in die Küche gehen?«

Ich sage: »Ja, aber passt auf, dass der Behinderte euch nicht anspringt«, und drehe mich um und finde mich witzig und fies, aber das geht in Ordnung, ich finde, ich darf fies sein. Ich drehe mich sofort wieder um, mein Umdrehen war nur ein Täuschungsmanöver, und ich sehe, dass sie sich ansehen, sehe Astrids flehenden Blick und Willem, den kleinen, dicken Willem, der sich aufgeplustert hat, um zu zeigen: Mein Zuhause, ich habs im Griff, mach dir keine Sorgen. Und ich stoße einen kurzen Lacher aus, nicht, weil ich lachen müsste, sondern weil ich finde, dass sie sich das verdient haben und gehe auf Astrids Bauch zu, vor den sie sich den Kleinen geschnallt hat. Ich komme Luka ganz nah mit meinem Gesicht und der Kleine guckt trüb und ziemlich unwiderstehlich babyhaft, ich streiche ihm über die Nase. Er ist wirklich winzig. Wir gehen in Richtung Küche. Astrid sieht sich um und wahrscheinlich wundert sie sich, wie normal hier alles aussieht. Ich wette, sie hat gedacht, hier würde es drunter und drüber gehen und alle wären verrückt und laut und stattdessen steht sie jetzt in unserem ganz gewöhnlichen Flur mit Garderobe, mit Bildern an der Wand und frisch gestaubsaugtem Boden.

Als wir allerdings um die Ecke biegen und auf die Küche zugehen, steht plötzlich Tom vor uns, mit runtergelassener Hose und seinem ernsten Blick. Wir bleiben stehen, allesamt. Hätte ich mir denken können, dass er aufgeregt ist. Ich hab mich selten so über diesen Anblick gefreut. Ich warte zwei Sekunden, länger halte ich es nicht aus, dann drehe ich mich um und sehe direkt und voller Spannung in Astrids Gesicht. Astrid reagiert sofort und lächelt verständnisvoll, aber ich habe noch die Reste ihres Entsetzens gesehen. Willem geht vor und guckt Tom in die Augen und Tom zieht die Hosen wieder hoch. Er nimmt Willem in den Arm, sagt »Elli, Elli«, dann setzen wir uns.

Astrids Finger tippeln auf dem Küchentisch. Mit einer Hand streichelt sie den Kopf von Luka, ihr Bein wippt unruhig hin und her. Sie sieht mich immer wieder an, versucht den Blick zu halten, wenigstens kurz, und lächelt. »Schön habt ihr es hier!«, sagt sie irgendwann.

»Findest du«, antworte ich, »ich finds hässlich, hat Großmutter vor Jahren gekauft, Billigeinbauküche. Na ja, Geschmackssache.«

Willem nimmt Astrid Luka ab, setzt sich neben mich und führt ihn mir vor. Luka kann gar nichts. Er ist einfach nur klein und angenehm ruhig für so ein kleines Ding. Er hat ein rotes, knautschiges Gesicht und manchmal verirrt sich einer seiner winzigen Arme etwas in die Höhe, er scheint kein bisschen Kontrolle über seinen Körper zu haben. So was von hilflos. Ich nehme Luka auf den Arm.

»Astrid«, sagt Astrid ganz offensiv und steht auf und streckt Tom die Hand hin. Tom steht immer noch und ist ein bisschen durcheinander und kann sich nicht entscheiden, wie er es finden soll, dass die Küche voller Menschen ist. Er reagiert nicht auf Astrid, ihre Hand liegt unnütz in der Luft.

»Ach«, sage ich, »lass mal, Astrid, das schnallt der jetzt nicht.« Ich zeige auf die Treppe, die vor der Küchentür in den ersten Stock führt. »Als der klein war, ist er da runtergesegelt und hat sich den ganzen Kopf zermatscht. Da muss man echt aufpassen. Der war früher mal ganz normal, geht so schnell so was. Ganz schnell.« Und ich schnipse einmal mit Daumen und Mittelfinger.

»Magst du was trinken, mein Schatz?«, fragt Willem.

»Nein, danke«, sage ich und Willem macht: »Haha.«

»Tom, guck mal«, sag ich, »das ist dein kleiner Bruder.«

Astrid lacht besorgt, Tom kommt näher und ich tue so, als würde ich ihr besorgtes Lachen nicht verstehen und sage: »Bruder, Neffe, bis ich ihm den Unterschied erklärt hab, dem Behinderten.« Und ich grinse sie kackfrech an. Astrid lacht verlegen. Sie ist ängstlich.

Ich sage: »Tom, willst du deinem kleinen Bruder nicht mal dein Zimmer zeigen?« Ich halte ihm den Kleinen hin und Astrid ächzt. Tom nimmt Luka liebevoll in den Arm und stülpt ihm seine großen, feuchten Lippen über die Nase. Astrid hastet zu Tom und will ihm zeigen, wie er den Kleinen halten muss, und Tom denkt, dass sie ihm Luka wieder wegnehmen will und sieht sie mit seinem bösen Blick an und grunzt, dann dreht er sich um und verlässt mit Luka auf dem Arm die Küche. Astrid wird nervös, sieht sich um und sagt mit zittriger Stimme: »Willem!«

Und ich sage: »Er ist behindert, aber er ist kein Kampfhund, verstehst du. Blöd, aber lieb.«

»Willem«, sagt sie noch mal und will hinterher, aber Willem hält sie fest und flüstert ihr ins Ohr. Astrid steht unsicher auf der Türschwelle und weiß nicht, was sie tun soll, sie verlagert ihr Gewicht von einem Bein aufs andere, hin und her, und lächelt unsicher. Sie lächelt. Und ich denke: Lächel doch nicht schon wieder, ich mag dich eh nicht. Sei doch einfach ehrlich und sag, was du willst. Meinetwegen brauchst du nicht so freundlich zu sein.

»Ich geh mal hinterher«, sagt sie, »nur gucken!«

»Moment kurz«, sage ich, »ich muss da was mit euch besprechen, mit euch beiden. Wegen Tom.«

»Ja, da müssen wir uns jetzt was einfallen lassen«, sagt Willem. Astrid zittert leicht und er nimmt sie fester in den Arm und küsst sie. »Du schaffst das ja nicht alleine.«

»Klar«, sage ich, »klar schaff ich das alleine.« Und das stimmt, wir schaffen das. Wir schaffen das schon die ganze Zeit, seit Großmutter so richtig abgeschaltet hat. Ich kümmere mich um Tom und das Haus und die Steuern und den Einkauf. Das hat geklappt, alles hat geklappt und es wird weiterhin klappen und ich werde Abitur machen in ein paar Monaten und ich werde bestehen. Wir haben alles geschafft und ich werde es auch weiterhin schaffen, mit Tom, ich will gar nicht ohne ihn, man kann alles auch mit ihm machen, er macht es nicht einfacher, aber er macht nichts unmöglich. Tom bringt einen dazu, nur das zu tun, was man wirklich tun will. Man muss nur wissen, was man will und dann muss man es tun. Trotz Tom, mit Tom, wegen Tom.

Die beiden nicken mir zu. Dann sage ich – und es stimmt gar nicht, ich sage es nur, weil ich ihre Gesichter sehen will, weil ich Astrid sehen will, weil ich sie testen will: »Aber nach dem Abi mache ich mit Martin, das ist mein Freund, eine Weltreise. Ich weiß noch nicht wie lange, aber mindestens ein halbes Jahr und weil Großmutter jetzt tot ist, müsst ihr Tom dann halt nehmen, da will ich halt mal weg.« Eigentlich wäre das echt eine gute Idee, denke ich und sehe den beiden ins Gesicht.

Astrid ist weiß und starr. Sie steht auf und sagt: »Ich seh

mal nach den beiden jetzt.« Sie verschwindet im Flur und Willem beugt sich zu mir rüber und zischt mich an: »Was soll die Show?«

»Was denn? Ich hab Großmutter nicht umgebracht.«

»Warum trampelst du so rum? Sie ist extra mit hergekommen. Astrid ist noch ganz durcheinander von der Geburt.«

»Warum hast du ihr nichts von Tom erzählt?«

»Warum denn? Muss man von seinem behinderten Bruder erzählen, ist das Pflicht?«

»Muss man ihn verleugnen?«

»Ich hab ihn nicht verleugnet, nur nichts davon erzählt, weil – warum hätte ich denn sollen? Das interessiert doch niemanden.«

»Das, ach so: Das Tom, das behinderte Etwas, häh? Du bist ein Arsch, echt.« Ich provoziere ihn nur. Ich finde, er hat eine Abreibung verdient.

Willem ist böse auf mich. Er steht auf und geht in den Flur, sucht Astrid. Sie holen ihr Baby, ich höre, dass Tom laut rumgrummelt. Sie bringen ihr Kind in Sicherheit und alles ist wieder gut. Ich höre sie ins Wohnzimmer gehen und reden. Ich lausche, kann aber nichts verstehen, höre nur die Stimmen, gedämpft und unverständlich. Ich bin froh, dass ich nicht verstehen kann, was sie sagen.

Die beiden kommen zurück in die Küche, zu mir an den Tisch. Sie setzen sich geräuschvoll und sind dann leise, wort- und blicklos, und nach einer Minute oder zwei kommt Tom dämlich grinsend in die Küche und stellt sich vor den Tisch. Ihm läuft ein Sabberfaden aus dem Mund. Er wirft sich auf den Boden, will Aufmerksamkeit. Ist alles zu viel für ihn.

Er liegt auf dem Rücken, wackelt ein bisschen mit seinen dünnen Beinen in der Luft herum und macht: »Blablabla.« Astrid weint, jetzt hält sie es wenigstens nicht mehr zurück.

»Elli«, sagt Willem.

»Elli, Elli«, sagt Tom.

»Das Beste wäre doch«, sagt Willem, »wenn wir ein richtig schönes Heim für ihn finden würden. Eins bei dir ganz in der Nähe.«

Ich stehe auf, greife Tom unter die Arme und ziehe ihn hoch. »Okay«, sage ich, »schon gut, mach ich eben keine Weltreise, ist in Ordnung. Hauptsache, ihr habt nicht so einen Stress. Passt auch gar nicht zu euch, so ein Behindi.«

»Elli«, sagt Willem, und Tom lacht, »das ist doch keine Lösung, du kannst doch nicht sein Leben lang ... «

»Schon gut«, sage ich, »ich wollte gar nicht fahren, verstehst du, ich wollte nur wissen, was ihr sagt. Ich will hier gar nicht weg, und wenn ich wegwill, kommt Tom eben mit. Kein Problem. Ihr könnt uns ja mal besuchen kommen auf Hawaii oder in Australien.«

»Elli, wie soll das klappen?«

»Schon gut, ich bin erwachsen. Das kannst du dir nicht vorstellen, was? Ich mach das hier schon länger. Ich hab einen Plan, okay.«

Wir stehen im Flur. Luka auf Willems Arm, wo er hingehört und sicher ist, wenigstens darum braucht sich Astrid nicht mehr zu sorgen. Tom steht vor Luka, die beiden haben sich sofort ineinander verliebt. Tom drückt seinen Finger in den kleinen Bauch und sagt: »Elli, Elli.« Und Lukas Babyhand bewegt sich wie in Zeitlupe. Willem sagt: »Ich komme morgen Vormittag wieder. Dann wird uns schon was einfallen, hm?«

Er will sagen: Das geht doch nicht, dass eine Neunzehnjährige mit ihrem behinderten Bruder alleine wohnt. Das geht doch einfach nicht. Willem knufft mich in die Seite.

Astrid ist völlig aufgelöst. Sie umarmt mich und hält mich

fest, umklammert mich regelrecht, sie zuckt und schluchzt und ich fühle es schon nass werden an meiner Schulter. Immer wieder sagt sie, wie leid es ihr tut und ich klopfe ihr auf die Schulter und sage ihr, dass es mir auch leidtut, und ich meine es ernst. Es tut mir wirklich leid, ich war unfair. Ich streichle ihren Rücken und mag, dass sie so aufrichtig heult, dass sie dabei in meinem Arm hängt und sich nicht schämt. Dann fahren sie, mit allen ihren Taschen. Astrid winkt vom Beifahrersitz des blauen Kombis.

Morgen kommt Willem wieder.

Ich habe Hunger und frage Tom, ob er auch Hunger hat. Er trommelt sich als Antwort auf den Bauch und murmelt leise: »Elli, Elli!« Während die Fritteuse blubbert, gucken wir uns in die Augen, eine Ewigkeit lang. Wir sitzen am Küchentisch und essen Pommes mit viel Ketchup und Mayo. Wie immer, wenn Großmutter nicht da ist.

Tom weint. Wie sonst nie, wenn es Pommes gibt.

Danke

Beate Haas-Heinrich, Rudolf Zimmermann, Jette Heinrich.

Judith Szillus, Matthias Fuhst, Dylan E. Thompson, Christian Springub, Nils Bretschneider, Andreas Stichmann, Ludwig Plath, Elisabeth Krumbeck, Christina Gerdts, Lutz Edelhoff, Hans-Gerd Koch, David Hugendick, Rex Huhmann, Linda Anne Engelhardt, Micha Kloth, Michael Hametner, Friederike Kohn, Indra Wussow, Heike Müller, Clemens Meyer.

Radio F.R.E.I., Erfurt, Märkische Kulturkonferenz, Deutscher Literaturfonds, Niedersächsisches Ministerium für Wissenschaft und Kultur, Stadt Erfurt, Stiftung Niedersachsen, Lamspringer September Gesellschaft, kunst:raum sylt quelle, virtuelles Literaturhaus Bremen.